沖田 円

雲雀坂の魔法使い

実業之日本社

実業之日本社文庫

目次

雲雀《ひばり》坂《ざか》の魔法使い

魔女や魔法使いがいつ生まれたのかはわからない。

人が先か、彼らが先か、それに答えられる者も誰もいない。

それでも確かに存在し、彼らは人と共に生きてきた。自由気ままに、けれど希《こいねが》う人々には寄り添って、いつでも世界のどこかに生きていた。

そしてまた、ある小さな町の隅にも。

そこは緩《ゆる》やかな丘に沿うようにつくられた町で、坂の多さを自慢する人もいれば不便に思う人もいる。娯楽が少なく、どこかのんびりした気風の、特別目立ったところもないありふれた田舎の土地だった。

ある日、とある魔女がその町へとやってきた。とても長い旅を続けていた魔女は、定住できる場所を探し、偶然その町へ辿《たど》り着いたのだった。

魔女は、その町が気に入った。ここを自分の居場所にしようと思った。

魔女はその町に家を買った。あまりにも古びていた建物を手ずから整え、家具を作り、荒れた庭は畑に変え、表には愛らしい花を植えた。

魔女はその家で店を開いた。

色の名前を持つ美しい魔女は、長い、長い旅の終わりを、坂の途中にあるその小さな店で、過ごしたのだった。

第一話　春めく傷痕《きずあと》

その町には魔女がいるという。

芽衣《めい》にそう教えてくれたのは、二年生の夏に転校した、友達の愛理《あいり》だった。

愛理が引っ越していったのは雲雀町《ひばりちょう》という名の町だ。芽衣の住む町よりも田舎で、電車の駅は改札がふたつしかなく、高いビルはひとつもない。天気がよければ隣《となり》町の向こうの海が見渡せる、坂の多い土地だという。

愛理は遊び場のほとんどない雲雀町をあまり好んでいないようだったが、引っ越したばかりの頃、ひとつだけ、その町について嬉々《きき》として教えてくれたことがあった。

『雲雀町にはね、魔女がいるんだよ』

スマートフォンのスピーカーから聞こえる声が随分弾《はず》んでいたことを芽衣は覚えている。愛理の新しい家の近くに、魔女の経営する魔法店があるのだと、まるで好きなアイドルの話でもするかのように愛理は語っていたのだった。

魔法という不可能も可能にしてしまう奇跡の力を起こす存在が、この世にはいる。彼らのことを、人も、彼ら自身も、男の姿をしていれば魔法使い、女の姿をしていれば魔女と呼んだ。

芽衣は、過去に一度だけ魔法使いを見たことがあった。

魔法使いの起こす奇跡を、その目で確かに見たことがあった。

だがそのとき以降、魔女や魔法使いに出会ったことはない。彼らは世界中に千人ほどしかいないと言われ、その多くが自由に旅をしているからだった。

『雲雀坂《ひばりざか》っていうところに店があってね、だから〈雲雀坂の魔女〉って呼ばれてるんだって』

ただでさえ珍しい魔女が、近所に定住し店を構えているなど、なんとも羨《うらや》ましい話だ。愛理のお喋《しゃべ》りの声がどんどん大きくなるのにも頷《うなず》ける。愛理の話を聞くだけで、芽衣も心が浮き立っていた。

『あたしもいつか、魔女に魔法をかけてもらいたいなあ』

なんの魔法をかけてもらうの、と訊《たず》ねた芽衣に、愛理は間を空けることなく決まってるでしょ、と答えた。

『楽して痩《や》せる魔法だって！　あと美人になる魔法！』

相変わらずな友の答えに、芽衣は声を上げて笑ったのだった。

◇

三年間通った中学校の卒業式を昨日終え、芽衣はひとり、朝から電車に揺られていた。

心が落ち着かない理由は、知らない土地に向かっているからだけではない。膝《ひざ》に乗せたボストンバッグをぎゅっと抱き締め、芽衣は車窓の向こうに目を向ける。

家を出てからすでに二時間以上が経《た》っていた。電車は二回乗り換えている。使ったことのないこの路線に移動するときはかなり緊張したが、どうにか間違えることなく予定どおりの列車に乗ることができた。あとは目的の駅で降りるだけだ。そこからの道のりは、スマートフォンで地図を見ながら行けば大丈夫だろう。

ふう、と息を吐いた。握り込んだ指先は真冬のように冷たく、パーカーの袖を引っ張って手をしまった。冷えているのは寒さのせいではないから、もちろんそんなことで指先にぬくもりが戻ることはない。

外は、のどかな風景が広がっていた。低い土地を走る線路から見上げるような形で、高台に段々と町がつくられている。周囲には山々もあり、ところどころがピンク色の春の花に彩られていた。愛理の言っていたとおり、高いビルも大きなショッピングモールもない、喧騒《けんそう》とはほど遠そうな町だ。

　間もなく、車内アナウンスが目的の駅名を告げた。『雲雀町』という、芽衣には聞き馴染《なじ》みのない駅だ。

　電車が速度を落とし始める。乗客のひとりが立つのを見て、芽衣も座席から立ち上がった。前に下げたサコッシュの位置を直し、ボストンバッグを肩にかける。

　開いたドアからホームに降り立つと、ふたつしかない改札の向こうに町が見えていた。初めて訪れた場所だが、あまりに変哲もないから、どこか見覚えがあるような気もしてしまった。

　雲雀町は決して特別な土地ではない。ありふれた、ごく普通の町だ。

　それでもこの町は他の町とは違う。この町のどこかに、〈雲雀坂の魔女〉がいる。

　そう思うと、逸《はや》るような、けれど躊躇《ためら》ってしまうような、どこかおかしな心持ちになった。


　芽衣が初めて魔法使いを見たのは、小学一年生のときだった。夏休みを利用して他県に住む祖父母の家に遊びに行った際、偶然その町に訪れていた旅の魔法使いに会ったのだ。

その魔法使いは、ひどく綺麗《きれい》な顔をした男の人だった。祖母いわく、魔法使いや魔女は、皆一様に見惚《みと》れるほどの優れた容姿をしているのだという。

芽衣が出会った魔法使いも、類《たぐ》い稀《まれ》な美貌《びぼう》と、硝子《ガラス》のように透き通った薄い水色の瞳を持っていた。纏《まと》っている紺《こん》のローブも、浮き世離れした印象を際立たせていたように思う。

かなり異様な風貌だった。ただ、だからと言って、一見して普通の人間と違うと言えるところがあるわけではなかった。翼が生えているわけではない。目がみっつあるわけでも、口が耳元まで裂けているわけでもない。

それでも、魔法使いと人間は違う。人間には決して使えない奇跡の力——魔法を行使し、人間とは異なる時の流れの中に生きる。とても、とても不思議な存在なのである。

珍しい魔法使いの訪れに、町の人たちは大騒ぎをし、我先にと魔法使いへ依頼をし始めた。病気を治してほしい、手から溢《あふ》れるほどの宝石を出してほしい、壊れた宝物を直してほしい。人々の様々な望みは、魔法使いであれば簡単に叶《かな》えられるだろう。けれど魔法使いはそのすべてをのらりくらりと躱《かわ》し、一度たりとも願いを聞き入れようとはしなかった。

あまりに魔法を使わないから、もしかするとこの魔法使いは偽物なのではないだろうか、と町の人たちが思い始めた頃。芽衣の祖父母宅のすぐ近くで火事が起きた。炎が瞬《またた》く間に一軒家を覆った大きな火事だった。芽衣が祖父と一緒に様子を見に外へ出ると、消防隊員に押さえられている女性の姿が目に映った。女性は火の燃え盛る家に入ろうとしていた。子どもが中にいるのだと泣き叫んでいた。だが火の勢いは強く、すでに消防隊員ですら屋内に入ることができない状態だった。

その場にいた誰もがもう諦めるしかないと思っていたそのとき、あの魔法使いが現れた。

魔法使いは誰の制止も聞かず涼しげな顔で炎の中に入っていくと、数分もしない間にひとりの子どもを抱えて外に出てきた。火に触れていないわけがないのに、不思議なことに、魔法使いの髪も肌もローブまでも、ほんのわずかも焼けた跡がなかった。

魔法使いは子どもを母親へ引き渡すと、子どもの頬《ほお》と腕にできた火傷《やけど》を瞬く間に治し、優しく微笑《ほほえ》んでその場を立ち去った。彼の姿を見かけたのはそれが最後だった。数日経って、町からいなくなったらしいと近所の人から聞いた。また他の場所を旅しているのだろうと、芽衣の祖母は言っていた。

芽衣が魔法使いを見たのも、魔法を目撃したのも、そのたった一度だけだ。

たった一度の思い出が、今、芽衣にとっての唯一の望みとなっているのである。


愛理に教えてもらった住所を地図アプリに入力し、ナビゲーションを頼りに駅からひたすら歩いてきた。芽衣は、長い石畳の坂をのぼっている最中だった。

坂が多い町とは聞いていたが、確かにそのとおりで、駅からの道のりのほとんどをのぼっていたような気がする。まだ二十分ほどしか歩いていないのに、首元にはべたりとした汗を掻《か》いていた。

芽衣が今のぼっているのは、町名と同じ『雲雀』という名前の付いた坂だ。

道の両脇には石塀や生垣が連《つら》なり、民家や喫茶店などが並んでいる。平日の昼間ということもあるのだろうが、人の気配はほとんどなく、ひどく静かな坂道だった。

車の通れない細い道は、脇に生える大きな木に頭上が覆われることもある。足元にできた葉の影を踏み、少しだけ涼しさを感じていると、手に持ったスマートフォンが目的地到着の音を鳴らした。

顔を上げた芽衣は、右手側に建物を見つけた。木でできた小さな家だ。壁には蔦《つた》が這《は》い、四角い窓は硝子が曇ってしまっている。背の高い赤い花が、ドアへ続く階段の隙間から生えていた。軒先にひとつランプが下りているが、昼間だからか、灯《あか》りはついていなかった。

本当にここが目的の場所なのだろうかと、芽衣は少し不安になった。誰かに聞いてみようと思っても、坂の上にも下にも人影はない。

ドアを開けることを躊躇っていると、外壁を覆う蔦に巻き込まれている、ともすると見逃してしまいそうな鉄製の看板を見つけた。

ドアの右上に下がる看板には、雲雀坂魔法店、と記されている。芽衣が目指していた店の名前だった。

ドアを開けると、軽やかなカウベルの音が鳴った。植物だらけだ、というのが店の中を覗《のぞ》いた最初の印象だった。あまり広くない室内の、至るところに大小さまざまな鉢植えが置かれ、さらには天井からも名前のわからない植物が鉢ごとぶら下げられている。

入口から見て右側の壁には、乾燥した葉っぱのようなものが入った硝子瓶《びん》がたくさん並んでいた。左側は多数の引き出しのある棚が壁一面に設置されていて、正面には一枚板の小さなカウンターと椅子がふたつ、そして店の裏手に続くのだろうドアがひとつある。

「やあ、いらっしゃい」

と、カウンターの中にいた人が言った。

その人はカウンターから出てくると、ドアのところに立ったままだった芽衣を店内へと手招いた。芽衣はドアを閉め、一歩二歩とゆっくり足を進める。

「あなたは何をお求めに？」

見惚れるような顔で微笑みながら少女は訊ねた。そう、店にいたのは、芽衣と変わらない歳《とし》の少女だった。

腰まで伸びる赤みがかった髪と、燃えるような赤い瞳が印象的な、とても美しい容姿の子だ。芽衣が愛読しているファッション雑誌のモデルよりもずっと綺麗で、だからこそ、何か作り物めいた冷たさを感じる。

芽衣よりも少しだけ背の高い少女は、フードの付いた深緑のローブを纏い、首からは鳥かご型のペンダントを下げていた。小さな鳥かごの中には、鮮やかな緑色の鉱石が入っているのが見える。

見回してみたが、店の中には少女以外の姿はなかった。「いらっしゃい」と声をかけられたから、この少女が店の人であることには違いないのだろうが。

「……あなたが、〈雲雀坂の魔女〉ですか？」

まさか、と思いながら芽衣が問うと、少女は一度瞬《まばた》きをした。

「まあ、そう呼ばれているね」

芽衣は内心驚いていた。本当に魔女が店を営んでいることに対してもだが、魔女が少女の姿をしていたことが、芽衣には予想外だったのだ。

愛理から雲雀坂魔法店は古い店だと聞いていたから、なんとなくおばあさん姿の魔女を想像していた。まさか〈雲雀坂の魔女〉が自分と変わらないくらいの年齢だとは思っていなかったのだ。

ただ、そう言えば、と、以前に祖母から教えてもらった話を思い出した。魔女や魔法使いは普通の人間よりも遥《はる》かに長く生き、また自分の望むように見た目の年齢を変えることができる。だから、外見から本当の歳を測ることはできないのだと、祖母は言っていた。

ならばおそらくこの魔女も、少女の姿をしていても、少女ではないのだろう。佇《たたず》まいも随分落ち着いて見えるし、本当は芽衣よりもずっと年上なのかもしれない。

「……」

本当にここまで来たのだ。本当に魔女の店に足を踏み入れ、魔女の目の前にいる。

そう思うと、道程で感じていたものとは違う緊張感がじわじわと体を覆っていく。

芽衣は右手でパーカーの胸元を摑《つか》んだ。胸の奥から、少しだけ速く打つ鼓動が響いてくる。

魔女。魔法使い。それは決して、人間ではないもの。

人間にはない力を持った、不思議な生き物。人間から生まれることもあるらしいけれど、まったく違う生き物。

「あの……魔女、さん？」

恐る恐る口にする芽衣に、魔女はふっと小さな声を上げ笑う。

「私の名前は翠《すい》。この名でも、魔女でも、その他でも、好きなように呼んでくれていいよ」

翠と名乗った魔女はカウンターの中に戻っていく。カウンター内にはタイル張りの小さなシンクと電気ケトルがあり、翠はケトルからお湯を注いだティーカップを一枚板の上に置いた。

「サービスのハーブティーだよ。裏手の温室で私が大切に育てたものさ。気に入ったら茶葉を売っているから、買っていってもいいからね」

「あ、ありがとうございます」

芽衣はボストンバッグを床に置き、湯気の立つティーカップに手を伸ばす。

そのとき、カウンターの上に何かが飛び乗った。びくりと肩を揺らす芽衣の目の前で、赤い革の首輪を着けた灰色の猫が、ぐいっと伸びをした。

「ああ、悪いね。駄目だろうニケ、お客さんの前ではお行儀よくしないといけないよっていつも言っているのに」

灰色の毛をした猫――ニケは、翠に答えるようにひと鳴きすると、おとなしくカウンターの上に伏せる。

「可愛《かわい》いですね。ペットですか？」

「いいや。友達さ」

「友達？」

「使い魔としての契約を私と交わした子だからね、普通の猫とは違うんだ」

「へえ……」

芽衣には普通の猫にしか見えない。けれど、ふと芽衣を見据えたエメラルドグリーンの瞳に、何か心の奥底を見透かされているような気になって、慌てて視線を逸《そ》らした。

貰ったハーブティーをひと口飲む。少し渋いが、甘い香りもするお茶だ。飲むと胸の奥が温まる感じがする。

「魔女さん、じゃなくて、翠さん」

芽衣は両手でカップを持ったまま、揺れるハーブティーの液面を見ていた。

「ふふ、翠さん、なんて変な響きだね。翠でいいよ」

「……翠」

液面は揺れ続けている。カップを持つ芽衣の指先が小さく震えているからだ。

「大丈夫？」

翠の指先が、芽衣の手に触れた。芽衣ははっとして顔を上げる。

「疲れているのかな、気分が悪い？」

翠は首を傾《かし》げながら芽衣の顔を覗き込んでいた。触れる指先は、自分のものと同じ温度があった。

「……は、いえ、すみません。大丈夫です」

芽衣はそう答え、一度深呼吸をした。ようやく望んだ場所まで辿り着いたのだ。

ここで怖気《おじけ》づくわけにはいかない。

カップを置き、両手をきつく握り締める。あのですね、と話し始める芽衣に、翠は頷く。

「わたし、前に一度だけ、魔法使いに会ったことがあるんですけど。そのとき、魔法使いが子どもの負った火傷を治してるのを見たんです。まるで怪我《けが》なんてしてなかったみたいに綺麗に」

「そう。魔法だからね。綺麗に治るだろうね」

「あの、翠も、あれと同じように魔法で火傷を治すことができますか？」

芽衣は翠の目を見た。

翠も、形のいい丸い目で、芽衣を見つめていた。

「ああ、できるよ」

「その火傷が何年も前の古いものでも？」

「魔法にできないことは、死人をよみがえらせることくらいさ」

つまり、どれだけ古い傷痕でも……人間の医療技術では決して消すことができないような痕でも、魔法であれば治してしまえるということだ。

芽衣は一瞬だけ呼吸を止めた。

自分で自分に頷いて、パーカーの左袖を肘までまくる。

「これを、魔法で治してくれませんか」

翠に突き出した左の前腕には、健康な肌とは違う、大きな火傷の痕があった。六年半前に起きた事故によるものだ。大人たちが大慌てするほどの怪我で、治療にも随分時間がかかったが、すでに痛みも痒《かゆ》みもなく、今は生活においてなんの支障もなかった。

「へえ、火傷の痕」

「お願いします。翠の魔法で、これを綺麗に消してください」

「これを、ねえ」

痕が残るかもしれないと言った医者の言葉のとおり、六年半経った今でも治らない深いこの傷痕は、現代の医療ではこれから先も元どおりになることはない。

それでも、この火傷の痕を消したいと芽衣は思った。そして小さい頃に会った魔法使いのことを一番に思い出し、次に愛理から聞いた〈雲雀坂の魔女〉の話を思い出したのだ。

「……」

翠は、指先を芽衣の左腕にすっと滑らせると、何か大事なものでも見るように、丸い目を細めた。

芽衣は伏せられた長い睫毛《まつげ》を見つめていた。どくん、どくんと打つ鼓動のひとつひとつが、やけにはっきりと感じられた。

ややあって。翠が手を下ろし、顔を上げる。重なった視線の先の赤い瞳は、何も反射していないのに、ゆらりと不思議に煌《きら》めく。

「悪いけど、断るよ」

「えっ……」

「私はこの痕を治さない」

作り物のような顔で翠は微笑んだ。

芽衣は数拍の間、言葉を紡げずにいた。断られるとは思っていなかったからだ。だってここは魔女の店だ。魔法店だ。魔法を売ってくれる店のはずだ。芽衣は決して無理難題を押し付けているわけではない。分不相応な望みなど何ひとつ言っていない。

片腕に残る痕ひとつ消してくれと言っているだけだ。魔女ならばそんな願い、容易《たやす》く叶えてしまえるはずだろう。

「あの、お金ならあります。貯金を全部持ってきたんです。もし足りないなら、高校に入ってからバイトして必ず払いますから」

カウンターに身を乗り出し縋《すが》る芽衣に、しかし翠は首を振る。

「魔法使いは決してお金では動かない。魔法使いにとって、それは大切なものではないからね」

「そんな……」

「たとえあなたが国ひとつ買えるほどのお金を持ってきていたとしても、今ここで、あなたの傷痕を治すために、私が魔法を使うことはない」

芽衣は、薄く開いた唇から短く息を吐いた。

体から力が抜けていく。けれど両手だけは爪が食い込むほど強く握り締めていた。

「なら、どうして。どうして駄目《だめ》なんですか」

訊ねはしても、聞いたところで納得できるとは思えなかった。

たったひとつの希望を抱いてこの町までやってきたのだ。

魔法なら、この火傷の痕を綺麗さっぱり消せるのに。魔法でしか消すことができないのに。この傷痕さえ消えたなら、この心の憂いは消えてくれるはずなのに。

縋れるのはもう〈雲雀坂の魔女〉しかいないのに。

「それはね、芽衣」

と、名乗っていないはずの芽衣の名を、翠は呼んだ。

遠くの線路を走る電車の音が、ここにまで聞こえていた。

「あなたに迷いがあるからさ」

芽衣は、何も言うことができなかった。

◇

電話やビデオ通話で頻繁に会話をしていたが、実際に会うのは愛理が転校していった二年生の夏以来……約一年半ぶりのことだった。

「待ってたよ芽衣！」

愛理の家は、雲雀坂魔法店よりも高地にある、景色のいい場所に建っていた。洋風の可愛らしい家だ。確か新築だと聞いている。愛理の両親が土地探しからこだわって造ったマイホームだそうだ。

ドア横のチャイムを鳴らすと、インターフォンからの応答はないまま、愛理が玄関から飛び出してきた。ぎゅうっと抱きつく親友を、芽衣はよろけながらも受け止める。

「あ、愛理、遅くなってごめん」

「本当だよ！　なかなか来ないから迷子になってるんじゃないかって心配してたん

だから。やっぱりあたし、駅まで迎えに行ったほうがよかった？」

「大丈夫だよ、地図見ながら来たから迷わなかったし。ちょっと寄り道してただけ」

「ならいいけど。結構遠くて疲れたでしょ。上がって。一緒におやつ食べよ」

家に入ると、愛理の母親も出迎えてくれた。持ってきた手土産を愛理の母親へ渡し、代わりにお盆いっぱいの特製のドーナツを受け取ってから、芽衣は愛理と二階の部屋へ向かった。

「うわあ、いい景色！」

「でしょでしょ」

愛理の部屋は小さなバルコニーが付いていて、雲雀町を一望できるようになっていた。

高台から低い土地へと緩やかに広がる町の景色。下のほうには芽衣が乗ってきた電車の線路が通っていて、その向こうには隣の町、さらに向こうにはうっすらと白む海がある。

「近所の人が教えてくれたんだけど、ここって元々民宿があったんだって」

「民宿？」

「でも建物が老朽化してたのと、おかみさんも高齢だったのとで、民宿を畳《たた》んで土地も売ったの。うちと両隣の三軒は、その民宿があった場所に建ってるんだ」

「そうなんだあ。これだけ景色が綺麗なところなら、泊まりにきたお客さんも嬉《うれ》しかっただろうね」

「そうそう、この町で一番人気の民宿だったらしいよ」

芽衣はドーナツを頬張りながら、愛理と何気ない会話を続けた。

愛理とは小学生の頃からの仲だ。一年生で同じクラスになり、出席番号が前後していたこともあって仲良くなった。

明るい性格で人懐こく、けれど空気を読むことに長けている愛理は、一緒にいてとても居心地がよかった。他の友達や家族にだって話せない内緒話も愛理となら教え合えるほど、誰よりも信頼していた。

だから愛理が遠くに転校してしまった今も、ずっと親友という関係を続けている。もちろんこれからだって、同じような関係でいたいと思っている。

それくらい大好きな友達だ。話したいことがいっぱいあり、本当なら会話が尽きることはない。愛理と会えたことも、今夜ここに泊まれることも、嬉しくて、心が弾んでいるはずだった。

でも、芽衣の気持ちは沈んでいた。思うように笑みを浮かべられず、愛理と楽しい話をしていても、頭の隅っこでは違うことを考えてしまう。

「ねえ芽衣」

と、お盆の上のドーナツがなくなった頃、愛理に呼ばれた。

芽衣ははっと顔を上げる。いつの間にか俯《うつむ》いていたことにすら気づいていなかった芽衣を、愛理はほんの少し眉尻を下げながら覗き込んでいた。

「何かあった？　今日芽衣がここに来たのって、ただ遊びに来たかったからってだけじゃないんじゃないの？」

愛理は、芽衣の心がここにないことに気づいていたらしい。芽衣は申し訳なく思いながら、こくりと頷く。

話すことをほんの少しだけ躊躇った。けれど誰かに話してしまいたかった。そして、愛理以外には誰にも話すことができないだろうとわかっていた。

「……わたし、ここに来る前に寄り道してきたって言ったでしょ」

立ち寄った場所を言えば驚かれるだろうと思っていたのだが、愛理はむしろ芽衣より先に「それって雲雀坂魔法店だよね」とあっけらかんと言った。

「えっ、そうだけど、なんで知ってるの？」

「この前、うちの住所と一緒にそこの場所も聞いてきたじゃん」

目を丸くする芽衣に、愛理はからからと笑う。

「まあ、まさか本当に行くとは思ってなかったけど」

「あ、そっか……そうだよね」

「あたしもお母さんと薬を買いに行ったことがあるけど、あそこの魔女、すっごく綺麗な子だよね」

「うん。モデルみたいに美人だった」

少女の姿をした美しい魔女の元へ……彼女の営む店へ、何を求めて行ったのか。

芽衣は愛理に、自分が〈雲雀坂の魔女〉を訪ねた理由と、魔女からどのような返事を貰ったのかを話した。期待して行った分断られたショックが大きかったこと、店からここまでの道すがら、ずっと落ち込み続けていたことも。

愛理は茶化《ちゃか》すことなく真剣に芽衣の話を聞いていた。芽衣の背中に手を寄せ、まるで自分のことのように一緒に肩を落としてくれる。

「そうだったんだ。残念だったね」

「……わたし、魔法で治してもらえるって信じてたから」

「そっかあ」

「なんで駄目だったんだろ。お金じゃないって翠は言ってたけど、やっぱり子どもだから、お金がないって思われたのかな」

魔女の存在は貴重だ。そして魔法も同じく価値のあるものだと思っている。だからそれなりにお金がかかることは覚悟していた。いくら請求されたとしても、芽衣はきちんと払うつもりだった。子どもである自覚はあるが、決して気軽な思いで魔女に頼みに行ったわけではない。

でも、駄目だった。

翠はお金では動かないと言い、芽衣の頼みに最後まで頷かなかった。そして、まるで芽衣の心の奥底まで見透かしているかのように言ったのだ。

――あなたに迷いがあるからさ。

そんなはずないと芽衣は思った。迷いなんてない。そんなことを言うのは、断る口実が欲しいだけだろうと。

なのにどうしてか、言い返すことができなかった。芽衣は唇を噛《か》み締めながら、店を出るしかなかった。

「あのね芽衣」

言いにくそうに愛理が口を開く。

「あそこは魔法店って名前だけど、メインは薬とかお茶を売ってるお店なんだ。魔法を頼みに来る人ももちろんいるけど、実際に魔法を売ってもらえることはほとんどないんだって」

「……そうなの？」

「魔女も魔法使いもね、依頼主が世界一の大富豪でも、どっかの国の大統領だとしても、自分が魔法を使いたいって思わなければ絶対に使わないんだって聞いた。魔女がお金は関係ないって言ってたのなら、たぶん本当のことだと思うよ」

それを聞いて、芽衣は一層落ち込んだ。

明日帰る前にもう一度店に行ってみようと思っていたが、愛理の言うことが本当なら、きっと行ったって結果は同じだろう。

魔法をかけてもらえないのなら、これからどうしたらいいのだろうか。

わからない。だってこの痕を消すことしか方法がないと思っていたから。痕を消すには、魔女を頼るしかなかったから。

「でも、どうしてその火傷の痕を治してもらおうって思ったの？　芽衣、それのこと全然気にしてなかったじゃん」

愛理が戸惑いがちに言う。

確かに、芽衣がこの痕を消したいと思ったのはつい最近のことだ。それまでは隠すこともなく、誰かに心ないことを言われても気にも留めていなかった。この火傷の痕と共に成長し、大人になっていくことに、なんの疑問も後悔もなかった。

「……」

答えない芽衣に、愛理は小さなため息を吐《つ》く。

「言いたくないならいいよ。無理に聞こうって思ってないから」

芽衣は小さな声で「ごめんね」と言った。愛理は秘密事も話せる友達だ。でも芽衣が愛理を一番に信頼している理由は、なんでも話せる相手だからではなく、話さなくてもそばにいてくれるからだった。

愛理が心から心配してくれていることをわかっていても、芽衣が抱えているこの悩みは、今はまだ口にできそうにない。

「まあ、あたしたち、もうすぐ高校生だもんね」

春が来た。

もうすぐ新しい生活が始まる。芽衣も、そして同級生の友人たちも、それぞれの場所で今までとは違う自分になる。

だからそれまでに、これまでの日々を変えたいと思うのは決して間違いではないはずだ。変わらなければいけない。今のままではいけない。

これが正しい選択だと、芽衣は信じている。

◇

次の日は、愛理が駅まで送ってくれた。

夜更けまでお喋りしていたのに、家から駅までの間またずっと他愛《たあい》ない話をしながら並んで歩いた。

昨日のしこりはまだ心に残ったままだ。けれど、愛理に話せたおかげでほんの少しだけ気持ちが楽になっていた。

「絶対にまた遊びに来てよね」

改札を挟んで愛理が言う。

「愛理こそ、たまにはこっちに戻ってきてよ。みんな会いたがってるよ」

「行く行く！　だからまた計画立てようね。今度は芽衣の家に泊まらせて」

「うん、もちろん」

駅からは雲雀町を見上げることができるが、雲雀坂魔法店を見つけることはできなかった。きっともう、あの店を訪れることはないだろう。翠と名乗った美しい魔女にも、二度と会うことはない。

電車が到着する時間は間もなくだった。見ると、真っ直《まっす》ぐに続く線路の向こうに、赤い車両の顔が近づいてきていた。この駅に停《と》まる電車の本数は少ない。あれを逃《のが》すと、家に帰るまでの予定がかなり狂ってしまう。

「じゃあ、またね愛理。すごい楽しかったよ」

「あたしもだよ。そっちのみんなにも、近いうちに遊びに行くって伝えて」

「うん」

電車がホームへやってくる。降りた客は三人、乗り込む客は、芽衣ひとりだった。

芽衣は愛理に最後の挨拶をし、目の前に停まった車両へと乗り込んだ。

「あ、そうそう」

と愛理の声が聞こえ、まだ開いているドアを振り返る。

「全然話に出なかったけど、悠斗《ゆうと》との仲はどうなの？　あんたたち仲良かったじゃん。っていうか、悠斗が芽衣にべったりだったのかな。高校生になるんだし、そろそろ付き合っちゃえば？」

そのときは一番に報告してね、と言う愛理に、答える間もなく、ドアが閉まった。

窓越しの愛理は笑って手を振っていた。芽衣は、まるで鏡のように、遠ざかっていく愛理に手を振り返した。

乗り換えの駅まで芽衣は眠ってしまった。電車が動き雲雀町から離れていくのを見て、自分の望みが本当に潰《つい》えてしまったことを実感し、すっかり気が抜けてしまったのだった。

眠りすぎたようにも思ったが、降りなければいけない駅に到着する前にはなんとか目を覚ました。無事に電車を換え、次の乗り換えも済まし、今は地元の駅まで向かう路線に乗っているところだ。

知っている名前の駅を通過していく中、芽衣はぼうっと車窓を眺めていたのだが、目的地まであと三駅になったところでふいに思い立ち、サコッシュにしまいっぱなしだったスマートフォンを取り出した。愛理からメッセージが入っているのではと思ったら、案の定随分前に通知が入っている。

それからもう一件。愛理のすぐあとにも別の人からの通知が届いていた。

芽衣はそちらのトークルームを――悠斗からのメッセージを先に開いた。少しだけ、重たい気持ちになりながら。

『もうすぐ愛理のところから戻ってくるはずだろ？　駅まで迎えに行くから、何時頃着くかわかったら教えて』

思っていたとおりの内容に、芽衣はため息すら吐けなかった。

悠斗には、愛理の家に行くことを直接は伝えていない。ただ、母づてに知られてしまったことは知っていた。芽衣のひとり旅を心配した母が、悠斗に一緒に行ってくれないかと相談していたのだ。

悠斗はそれを了承した。だから芽衣が断った。ひとりで大丈夫だから、絶対についてこないでと。

『迎えはいらない』

芽衣は短くそれだけを返信した。既読がついたかどうかは、もう確かめることはなかった。

◇

芽衣と悠斗は、いわゆる幼馴染みと言える関係だ。家が近く、幼稚園も、小学校も中学校も同じ。元々親同士に近所付き合いがあり、同じ年に子どもが生まれたことでより仲良くなったらしい。家族ぐるみで出かけることもあるような仲だった。

小さい頃、芽衣は勝気な性格で、悠斗は気が弱く大人しいタイプだった。一緒にいることが増えたのは、幼稚園で悠斗がいじめられているのを見兼ねた芽衣が、助けに入ったときからだ。

それまでは、親の仲がいいからとりあえず遊んでいる、くらいの関係だった気がするが、助けて以降妙に悠斗が芽衣に懐き、また芽衣も、泣き虫な悠斗を守らねばという使命感に駆られるようになっていた。

『芽衣は、ぼくのヒーローだ』

悠斗がよく芽衣に言っていた。ヒーローと言われるのは悪くなかった。芽衣は王子様に愛されるプリンセスよりも、戦う魔法少女に憧れていたからだ。

『うん。だから、わたしが悠斗を守ってあげるよ。心配しないでいいからね』

『ありがとう。でもぼくも、芽衣みたいに強くなりたいなあ』

『なりたいならなればいいよ。そのうちなれるんじゃない？　でも、強くなってどうするの？』

『ぼくも芽衣を守れるようになりたい』

『別にいらないよ。わたしは弱くないから』

『うん。それでも、芽衣を守れるようになりたいんだ』

はにかみながらそう言う悠斗に、芽衣は『ふうん』と言葉を返した。悠斗に守られたいとは思わなかった。ただ悠斗の決意を真っ向から否定する気もなく、適当な返事だけで済ませたのだった。

小学校に上がっても、悠斗との関係性はほとんど変わらず、一緒に登校し、放課後になると遊んだり、同じ習い事をしたりしていた。

とはいえ似た年頃の子どもが多い地域に住んでいたから、近所の友達は他にもたくさんいて、悠斗だけが特別仲のいい幼馴染みというわけではなかった。

悠斗にとっても同じだろう。本当なら、芽衣は悠斗にとって、他の数人の幼馴染みたちと同じ存在であるはずだった。


そうではなくなってしまったきっかけははっきりしている。

六年半前、芽衣と悠斗が共に小学校三年生だったときに起きた事故が原因だ。

夏休みも終わりに近づいていたあの日、芽衣は友人や保護者たちと一緒に公園で花火をしていた。十人ほどいた子どもたちの中には、芽衣の同級生やその兄弟、そして悠斗もいて、夏の最後の思い出作りを楽しんでいた。

『悠斗、線香花火やろうよ』

悠斗は騒がしい子たちの輪に入らず、ひとりで細々と地味な花火で遊んでいた。それに気づいた芽衣は、線香花火を二本持って悠斗のそばに寄った。

『それって最後にやるやつじゃないの？』

『別に決まってないよ。それに面白そうなやつは向こうに取られちゃってるもん』

芽衣たちの近くでは、高学年の男の子たちが花火を二本まとめて手に持ったり、振り回したりしながら遊んでいた。派手に火を噴くような花火は、ほとんどその子たちに取られている。大人は子どもたちを叱ることもあったが、基本的にはお喋りに夢中で好き勝手にさせていた。

『おれ、線香花火好きだよ』

悠斗は芽衣から線香花火とチャッカマンを受け取ると、自分の花火、そして芽衣の花火の先端に火を点《つ》けた。小さな花火はちりちりと火花を散らし出す。

『綺麗だね』

悠斗はそういう言葉を臆さず言うタイプだ。でも芽衣は気恥ずかしくて同じことを口にできず『うん』とだけ答えた。

線香花火が一番大きく弾けたとき、すぐそばから一層賑《にぎ》やかな声が聞こえてきた。

振り返ると、高学年の誰かがふざけ半分で、就学前の男の子に火の点いていない手持ち花火を五本ほど束で持たせていた。

『もう、あんなにいっぺんに使ったら花火がもったいないじゃん』

『もったいないと言うか、危ないよ……』

『まあ本当にまとめては使わないでしょ。ほら、こっちはこっちで遊ぼ。もうすぐ火が落ちちゃう』

芽衣は手元に視線を戻し、悠斗も自分の線香花火に集中していた。

ふたりのそばでは高学年の子たちがいまだ騒がしくし、大人は子どもたちが楽しく遊ぶ中、楽しい長話に興じている。

花火を持たせてもらった男の子は、お兄ちゃんたちに遊んでもらえることに無邪気に喜んでいた。

そして、一緒に遊んでいた高学年の子のひとりが、男の子をもっと喜ばせてあげようと考えた。決して悪戯《いたずら》心からではなく、素直な思いだった。火種を持った彼は、会話の弾む大人たちの見ていない隙に、男の子の持つ花火のすべてに火を点けたのだった。

花火の束は一気に噴き上がった。周囲にいた高学年の子たちまで驚くほどの勢いだった。その大きな火花に、まだ小学校にも上がっていなかった男の子が冷静でいられるはずもない。

男の子は驚きと恐怖のあまり、花火を持ったままの腕を大きく横に振った。

その火の向いた先に、芽衣と悠斗がいた。

先に気づいたのは芽衣だ。考える前に体が動いた。

悠斗を突き飛ばして逃げていればよかったとあとになって思う。だがそのときは咄嗟《とっさ》に足が動かず、代わりに悠斗と自分を庇《かば》うようにして、左腕を前に出してしまったのだった。

『芽衣！』

気づいた大人がすぐに助けに入ったため火を受けたのは短時間だ。

だが、芽衣と悠斗は火傷を負った。火花が顔と手足に飛んだ悠斗は、目には入らなかったまでも数ヶ所の怪我を負い、火を正面からまともに受けた芽衣は、左腕の皮膚が焼け爛《ただ》れ酷《ひど》い状態となっていた。

芽衣はすぐに近くの総合病院の救急外来に連れて行かれた。無意識に背けたようで顔に大きな怪我はなく、他には足と首筋に点々と火の粉の痕があり、また着ていた服が何ヶ所か焼け焦げていた。

処置が早かったおかげで、顔と首筋、足の火傷はそのうち目立たなくなるとのことだった。しかし、左腕だけは他の部位のようにはいかなかった。医者には、痕が残るだろうとはっきりと告げられた。

『女の子なのに』

と、芽衣は数人の大人に言われた。女の子だからなんなのか、それはよくわからなかったが、芽衣の腕に大きな傷痕が一生残ること、それを嘆いているのだろうことはなんとなくわかっていた。

『そうそう、芽衣のおかげで悠斗くんはひどい怪我をしなかったって。悠斗くんのお母さんが感謝してたよ』

母から聞かされたその言葉だけが芽衣を元気づけた。火傷の痛みは泣き叫びたいほどに苦しいけれど、これのおかげで悠斗を守れたのだと思うとどうにか耐えられた。むしろなんだか、誇らしくさえ思えていた。

入院の必要なく、数日は慎重に様子を見つつ、定期的な通院をすることとなった。そして夏休みが終わり二学期が始まる。左腕にはまだ生々しい傷があったため、しばらくは包帯を巻いたまま登校した。

悠斗とは、花火の日以来会っていなかった。悠斗の怪我は大丈夫だろうかと心配していた芽衣は、始業式の日に悠斗に声をかけたが、なぜか悠斗は唇を嚙んだまま何も話すことなく、逃げるようにその場を離れてしまった。

『……なんだろ、悠斗の奴《やつ》。火傷大丈夫か訊《き》こうとしたのに』

その後も、芽衣が話しかけようとしても避けられてしまい、悠斗と会話をしない日が続いた。

やがて芽衣の左腕からは包帯が外れた。

外れても、まだ目立つ火傷の痕は残っていた。これは誰かに何か言われそうだと思っていると、やはり心ないことを言う同級生が何人かいた。

『芽衣、あんな奴らの言うこと気にしなくていいからね』

『ありがと愛理。気にしてないから大丈夫』

芽衣は火傷の痕を恥ずかしいものとも嫌なものとも思っていなかった。それに何も言わないでいてくれる友達もいたから、誰にどんなことを言われたって平気だと思っていた。

けれど、同じクラスや他のクラス、違う学年の子たちにまで遠目で見られ、こそこそと噂《うわさ》され、気味悪がられたり、下手な同情をされたりし続けていると、さすがにだんだんと心が疲れてきてしまった。

『ねえ、人のことそんなふうに言って、恥ずかしくないの？』

それでも気にしないようにしていた芽衣を、クラスメイトの無神経な言葉から庇ったのは悠斗だ。ずっと自分を避けていたはずの悠斗が、芽衣の前に出て嫌な奴らに立ち向かう姿を、芽衣は驚きながら見ていた。

『芽衣をくだらないことで傷つけるのはもうやめて。火傷の痕が気持ち悪いって、おれにはおまえらのほうがよっぽど不気味に見える』

悠斗は語気を強めてそう言い放った。相手は捨て台詞《せりふ》を吐きながらどこかへ行ってしまい、芽衣は、悠斗の怒った様子に戸惑いつつも、助太刀してくれたお礼を伝えようとした。

そのとき、振り返った悠斗の表情がひどく辛《つら》そうだったのを、芽衣は今も覚えている。ありがとうと言うのを忘れてしまうほど、あまりにも傷ついた顔をしていたのだ。

悠斗はすぐに笑みを浮かべた。芽衣にはその表情が、今まで見ていた悠斗の笑顔とはなんとなく違うように思えた。

悠斗は見慣れない表情のままで言う。

『これからは、おれが芽衣を守るから』

　その日から悠斗は、これまで避けていたのが嘘《うそ》のように芽衣のそばに寄り添うようになった。事故の前も一緒にいることが多かったが、そのときとは何かが違う。悠斗は言葉どおり、まるで芽衣を守ろうとしているかのようだった。

『ねえ悠斗、もうそんなにわたしに構わなくていいよ』

　やがて芽衣に何かを言ってくる人間はすっかりいなくなり、悠斗にそばにいてもらう必要はなくなった。それでも悠斗は芽衣から離れようとしない。

『気にしないで。おれが芽衣と一緒にいたいだけだから』

『ねえ、そういう言い方あんまりしないほうがいいよ。ほら、わたしたちもうすぐ四年生になるんだし、男女で仲良くしすぎると、変に思う人だっているから』

『他人が変に思うからなんなの？　仲良くしたい子と仲良くするのは、そんなにおかしなことかな』

『それは、別にいいと思うけど……』

『ならいいでしょ。何か思う人には、思わせておけばいいんだよ』

　結局芽衣が折れて、悠斗との近い距離は続いた。

　悠斗は学校への登下校だけでなく、同じ習い事への行き来も必ず芽衣と一緒にした。芽衣が困っていれば手を貸してくれ、芽衣の頼み事なら絶対に断らなかった。

芽衣は、なぜ悠斗がここまで自分に尽くすのか、その理由がわからなかった。あの事故の日までもそれなりに仲はよかったと思うが、これほどではない。悠斗にとって、自分の何が特別であるのだろうと、よく考えていた。

やけに一緒にいることの多い幼馴染み、という関係を続ける中で、悠斗がふと辛そうな顔をすることが時々あった。そんなとき、悠斗の視線が決まって火傷の痕に向いていることに、芽衣は気づいた。

『何、悠斗。怪我ならもう痛くないよ』

と言った芽衣に、悠斗は小さく頷いた。

『うん……わかってるけど。痕、なかなか消えないね』

『まあ、消えないってお医者さんも言ってたからね。でもわたし、あんまり気にしてないよ』

決して強がりで言ったつもりはなかったが、悠斗の表情が晴れることはない。

『お母さんが言ってた。芽衣は、女の子なのにって。女の子なのにね』

自分のことではないくせに泣きそうな顔をしながら、『ごめんね』と悠斗は言った。

悠斗が謝る理由などひとつもなかった。しかし悠斗のそのひと言で、芽衣は、悠斗が自分に構う本当のわけを知った。

悠斗は、自分のせいで芽衣が怪我をしたと思っているのだ。芽衣の肌に一生消えない痕を残してしまったのは自分なのだと責任を感じている。

だから芽衣に構い、何よりも芽衣を優先しているのだと、芽衣は気づいてしまったのだった。

◇

馴染み深い名前の駅で芽衣は電車を降りた。遠くの土地まで行っていたから、見知った構内の様子を見るだけでどこかほっとする。

爪先を見ながら階段をのぼり、そのまま前を行く人の踵《かかと》についていく。スマートフォンを読み取り機に当て改札を出たところで、芽衣はようやく顔を上げ、壁に寄りかかっている悠斗の姿を見つけた。

「悠斗……」

「芽衣、おかえり」

悠斗がとんと壁から背を離す。

芽衣は悠斗から数歩離れた場所に立ち止まった。ずり落ちるボストンバッグの持ち手を、拾い上げて肩にかけ直す。

「何してんの、迎えに来なくていいって送ったじゃん。見てないの?」

「見たけど、長旅で疲れてるだろうと思ったから」

「断ってるのに来ないでよ。迷惑なんだけど」

「うん、ごめんな」

芽衣の冷たい態度に、悠斗は怒りも落ち込みもせず柔らかく微笑むばかりだ。お互い、怪我をした直後とも、怪我をする前とも接し方が違う。

あの事故の前は、もっと対等な関係だった。大人しい悠斗のヒーローだったことはあったが、決して芽衣は悠斗を自分より下に見ていたわけではない。自分が血の気が多い分、滅多に怒らない性格の悠斗を尊敬していたし、だからこそ自分も悠斗に憧れられる存在であろうと思えたのだ。

たまにはふざけ合って、腹の底から笑うこともあった。そこに配慮などなくても縁が切れることはない、そんな友達だった。

火傷を負ったあとも、芽衣は何も変わらなかった。でも悠斗は変わった。芽衣への後ろめたさから距離を取り、そして一度芽衣を守ってからは覚悟を決めでもしたかのように、芽衣を大切にするようになった。

やがて、今度は芽衣のほうが変わった。少しずつ悠斗と距離を置き、火傷の痕を消すことを決意した日からは、わざと辛く当たるようになった。それでも悠斗はずっと、芽衣のそばで芽衣を守ろうとしている。まるでそれだけが嵌《は》められた手枷《てかせ》を外す方法だとでも言うように。

「……」

芽衣は悠斗を見上げる。小学校までは同じくらいの身長だったのに、中学の三年間で随分差ができてしまった。女子と男子は違うから当然だと思っている。変わらないほうがおかしいのだ。成長するにつれ、変わっていくのが当たり前のことなのだから。

芽衣は唇をぎゅっと結び、早足で悠斗の前を通り過ぎる。悠斗があとを付いてくるのがわかったが、決して振り向かないようにした。

「荷物持つよ」

「いい」

「重いだろ」

「重くないって」

駅から家までは徒歩で十分ほどだ。使い慣れた道をわざわざ送ってもらう必要はない。荷物だって一泊分の着替えしか入っていないから負担にはならない。悠斗が芽衣を気にかける理由なんて、どこにもない。

「愛理、元気だった？」

「まあ」

「あいつどこでも馴染める奴だから、向こうでもすぐに友達できてそうだよ」

「そうだね」

「おれらも高校入ったら、新しい生活に慣れていかなきゃな」

悠斗が笑う。芽衣はひとつも笑えない。

悠斗なら、環境が変わってもうまくやれるだろう。元々人当たりがよく温和な性格だから、高校でもすぐに新しい友達をつくるはずだ。最近背が伸びてかっこよくなったという話もどこかの女子がしていた。高校に入れば彼女ができることだってあるかもしれない。

中学では、芽衣と付き合っていると思われていたせいか告白されたという話は一度も聞かなかった。悠斗にとって迷惑な話だっただろうが、芽衣にとっても心外だ。

悠斗の恋路を邪魔するつもりなどない。それどころか今は、悠斗が自分の知らないところで自分の知らない誰かと笑っていてほしいとさえ思う。悠斗が、ずっとずっと遠くに行ってくれればいいのにと。

「高校、楽しみだな」

後ろからの声に、芽衣は答えなかった。

暖かい春の陽気の中、息が切れるほど早足で、前だけを見て家までの道を歩いた。

絶対に振り返りはしない。

だって、こんな顔を悠斗に見せてしまいたくないから。

どうしたらいいだろう。

これから、どうしていけばいいだろう。

芽衣には答えが出せなかった。わかっているのは、このままではいけないということだけだ。このままではいけないのに、変わり方がわからない。

せめて、この火傷の痕が綺麗さっぱり消えてくれればいいのにと思う。そうしたらきっと、何もかも新しいほうへ進み出すのに。

それだけが、たったひとつの方法だったのに。

◇

貴重な高校入学前の春休みを、数日間部屋に引きこもって過ごした。

一日中スマートフォンをいじったり漫画を読んだりしている芽衣を何度も母親が叱りに来たが、そのたびに芽衣は気のない返事をするだけで、一切のやる気も起こさなかった。

スマートフォンに届く友達からの誘いも断り続けた。何かをしていたほうが気が紛れるかもしれないが、今は誰と遊んでも心から楽しめる自信がなかった。

時間を無駄にしている自覚はある。それでも、開け放った掃《は》き出し窓から桜の花びらが入ってくるのをぼうっと眺めては、ただ一日が過ぎるのを待っている。

「芽衣、あんた本当にいい加減にしなさいよ」

ノックもなしにドアが開いた。同時に、母がいつもより数段声を低くし、芽衣を鬼の形相《ぎょうそう》で睨《にら》みつける。

ベッドに寝転んでいた芽衣は体を起こして母を見上げた。搔いた髪には派手な寝《ね》癖《ぐせ》がついていた。

「何が？」

「他の友達はね、高校入って出遅れないように勉強してる頃よ。それなのにあんたは何？　毎日毎日ぐうたらして！」

「心配しなくてもみんなも遊んでるって。毎日誘いの連絡来るもん。それにちゃんと身の丈に合った学校選んだんだから、別に必死に勉強しなくても大丈夫だよ」

「そうやって油断してるとあっという間に駄目になるんだからね。もう、少しくらい高校の予習しなさい。やらないと、今日の夕飯なしだよ」

「ええ……じゃあ面倒だけど、コンビニになんか買いに行こうかな」

「勉強を、しなさい！」

隣近所にまで聞こえていそうな声で叫ばれ、芽衣は渋々勉強机に向かった。適当な参考書とノートを開き、適当な数式を罫線《けいせん》を無視して書いていく。

「まったく、悠斗くんがあんたと同じ学校に入ってくれてよかったわ」

母親が大きなため息を吐いた。

芽衣はちらりと視線だけ向ける。

「どういう意味？」

「あんたをしっかり監視してくれるってことでしょうが。他の仲いい子はみんな別々の学校になっちゃったし、あんただけだったら心配すぎて毎日大変よ」

「……別に、ひとりでもしっかりやれるよ」

「そう言うなら今、しっかりやってみせなさい」

ぴしゃりと言い、母は部屋を出て行く。芽衣は階段を下りていく足音を確認してからシャーペンを放り投げ、椅子《いす》の背もたれに体を預けた。

ぐいっと腕を頭上に伸ばす。めくれた部屋着の長袖の下に、消えない火傷の痕が見えた。袖を直して痕を隠す。そんなことをしたってなんの意味もないことはわかっている。

「……わたしは、ひとりで大丈夫だもん」

芽衣は、バルコニー越しに見える隣の家の桜を眺めた。

壁にかけた高校の制服が、春のぬるい風に揺れている。


なんとか夕飯を用意してもらえたので、それを食べ風呂に入り、またそそくさと自分の部屋に引きこもった。

部屋の灯りを点けずに暗闇の中ベッドに寝転ぶ。何もしたくないけれど、日中の活動量が少ないせいでまだ眠たくもない。

「……」

これだけ怠惰な生活に慣れてしまうと、本当に高校生になれるのかと自分でも少し心配になってくる。もしも高校でうまくやっていけなかったらどうしようと考え、それならそれで別にいいかと、すぐに開き直った。

あれだけ高校生になることを楽しみにしていたのに、今はむしろ憂鬱《ゆううつ》で仕方なかった。高校に行きたくないとさえ思う。このまま高校に行かずにこの部屋に引きこもり続けたら、もしかしたら自分の望んだ未来が来るのではないかと、そんな現実的ではないことまで考えてしまう。

「……」

春休みの残りはあと少し。もうすぐ高校の入学式の日がやってくる。

結局のところ不登校を決め込む度胸などないから、芽衣はきちんと出席するのだろう。そして高校生活が始まる。きっと、これまでと、何も変わらない生活が。

「はあ、どうしよ」

目を閉じる。もう何も考えたくなかった。考え出したらきりがないし、答えもいつまでも出ないから。

芽衣は、どこにも聞こえない小さなため息を吐いた。

そのとき。

——かしん、
と、音がした。

最初は気にも留めなかったが、何度か音が続いたので、さすがに気になり起き上がった。音がしただろう掃き出し窓のカーテンを恐る恐る開ける。

外は暗く、明るい星がひとつだけ出ていた。見回してみてもとくに何かあるわけでもなく、妙な音の正体《しょうたい》は摑めない。

なんだったのだろうとカーテンを閉めようとしたとき、またかしんと音がした。足元から聞こえたその音に視線を下げると、小さなバルコニーにちょこんと座る猫を見つけた。

「うわっ……なんだ猫か。びっくりしたあ」

爪で窓を引っ搔きながら芽衣のことを見上げているその猫は、白い紙のようなものを咥《くわ》えている。

「えっ、この猫って、もしかして」

芽衣はその猫に見覚えがあった。

窓を開け、しゃがんでよく見てみると、灰色の毛並みに赤い革の首輪をしたその猫はやはり、雲雀坂魔法店にいた猫、ニケだった。

「きみ、どうしてここに？」

芽衣が問いかけると、ニケは受け取れとでも言いたげに咥えたものを芽衣に突き出した。緑色の蠟《ろう》で閉じられた封筒だ。表にも裏にも送り主の名はない。が、ニケが届けに来たと言うのなら、これは〈雲雀坂の魔女〉からの手紙に違いない。

「これ、わたしに？」

訝《いぶか》しんでいる芽衣に、ニケは答えるように「にゃあ」とひと鳴きし、さっとバルコニーの柵を飛び越えて行ってしまった。

夜と言っても街灯や家々から漏れる明るさがある。けれど、ニケの姿はなぜかあっという間に闇に紛れ、見えなくなってしまった。

「……なんなんだろう」

ニケがどうやってこの家まで来たのか、どうして芽衣の居場所を知っているのか、この封筒はなんなのか。疑問ばかりが湧くが、おそらく悩んだところでわからないだろうから考えるのはやめた。

部屋の中に戻り、勉強机に座って机上のライトを点ける。

小さな灯りの中で封蠟を剝がし、中に入っていた一枚の便箋《びんせん》を開いた。紙からはあの店で嗅《か》いだ匂いがした。気持ちが和らぐ植物の香りだ。

芽衣へ
先日は私の店に来てくれてありがとう。随分落ち込ませたまま帰らせてしまってごめんね。
あのとき、あなたは左腕の火傷の痕を治してほしいと言っていたね。今もまだ、その望みを抱えたままでいるのかな。
もしもあなたが、本当に心から痕を治したいと願っているのなら、もう一度私の店においで。そのときは、私の魔法であなたの望みを叶えてあげよう。

芽衣ははっと息を吸った。目を見開いて、手紙に書かれた内容を、間違って読み取ってはいないかと何度も読み返す。
何度読み返しても、確かにそこには、芽衣にとって救いのような言葉が記されていた。もう一度〈雲雀坂の魔女〉に会いに行けば、火傷の痕を治してもらえる。こんな奇跡が起きてほしいと思っていたことが、本当に起こってしまったのだ。
「嘘でしょ」

信じられない。悪戯だろうか。けれどニケが持ってきたのだから本物の魔女からの手紙に違いなかった。

この機会を、絶対に逃すわけにはいかない。

芽衣は、迷う間もなくもう一度雲雀坂魔法店へ行くことを決めていた……はずだった。もしも手紙がそこで終わっていたならば。

手紙には、まだ続きがあったのだ。

ひとつだけ約束がある、と書かれたあとに、こう添えてあった。


あなたの傷痕に関わる人と、必ず一緒に来ること。


翠、という魔女の名前が書かれ、手紙は締め括《くく》られていた。芽衣は瞬きをするのを忘れたまま、手紙の最後の一文を見つめていた。

……この火傷の痕に関わる人ならば、何人もいる。あの日、一緒に花火をしていた人たちみんなが芽衣の怪我に大なり小なり関係しているのだから。

芽衣に花火を向けた男の子。その花火に火を点けた子。花火を持たせた子。すぐに芽衣を病院に連れていった母親。応急処置をしてくれた友達の親。芽衣を中傷した学校の子たちも無縁とは言えないかもしれない。

幾人もの顔が思い浮かんだ。だが、翠の求めている人が、その中の誰でもないことはわかっていた。

他の人を連れていけば翠は火傷の痕を治さないだろう。翠は、芽衣がこの怪我を負った理由も、そして治したいと願う理由も、すべて見透かしている。

魔女はきっと、何もかもを知っているのだ。

「……」

芽衣は便箋を畳み直し封筒にしまうと、カーペットに転がしてあったスマートフォンを拾った。画面を操作し、電話をかける。五回呼び出し音が鳴ったあとに『もしもし』と聞き慣れた声が聞こえた。

「悠斗。わたしだけど、今電話いい？」

『ああ、どうした？』

悠斗の声は、少し驚いているみたいだった。最近は芽衣から連絡することなどほとんどなく、ましてや電話なんてまずしないからだ。

「あのさ……明日ってなんか用事ある？」

『いや、暇だよ』

「ちょっと頼みがあるんだけど」

『うん、何？』

ずっと昔から知っている相手のはずなのに、なぜかやけに緊張してしまう。

芽衣はスマートフォンを右手から左手に持ち直し、電話口の悠斗に聞こえないように一度深呼吸をする。

「明日、一緒に雲雀町に行ってほしい」

え、と悠斗が声を上げた。

思いもよらない頼みであることは芽衣にとっても同じだ。まさか悠斗と雲雀町へ行かなければいけないなんて、想像していなかった。

『雲雀町って、確か愛理が住んでるところじゃなかった？　芽衣、この間行ったばっかだろ』

「そうなんだけど……」

『何、愛理の家になんか忘れ物でもしたの？』

「そういうわけじゃなくて」

雲雀町は遠い。そんな場所へ行こうなど、ただの気まぐれでは理由にはならない。

だが、火傷の痕を治してもらうために〈雲雀坂の魔女〉へ会いに行く、とは言えなかった。一緒に行けば知られてしまうことではあるが、それでも今は言えない。

「明日のうちに帰ってくるし、交通費は、こっちで出すから」

不審に思われているだろうことを承知で、芽衣は理由を話さず悠斗に頼んだ。

スマートフォン越しの沈黙の中、芽衣は大きく鳴る自分の心臓の音を聞いていた。

『わかった、一緒に行くよ』

数秒の間のあとで、悠斗が答えた。

芽衣は知らず力んでいた肩から力を抜き、椅子の背もたれに寄りかかる。

「……ありがと。助かる」

『交通費なら自分で払うから大丈夫。明日の朝、芽衣の家に迎えに行くから』

「うん、わかった」

それから二、三言葉を交わし、おやすみと挨拶《あいさつ》をして電話を切った。

机にごつりと額を当てる。目を瞑《つむ》って長く息を吐いた。ほっとしているが、まだ不安のほうが大きかった。

明日。明日になれば、すべてが終わる。きっと何もかもいい方向へと進む。

そう自分に言い聞かせた。

翠の手紙の柔らかな匂いに、目頭がじんと痛んだ。

◇

翌朝、約束どおりに悠斗は芽衣を迎えに来た。

なんのために雲雀町へ行くのかを、悠斗は訊ねてこなかった。おそらく芽衣が目的を伝えることを躊躇っているのに気づいているのだろう。芽衣も悠斗に理由を話さなかったし、訊かれても答えるつもりはなかった。

雲雀町までは電車を乗り継いで数時間かかる。遠い道のりだ。その間、芽衣は悠斗とほとんど会話を交わさなかった。ただ隣に座り、同じ電車に揺られていた。

やがて雲雀町へ辿り着く。駅からの道はなんとなく覚えていたから、今日は目的地まで地図に頼ることなく向かった。

坂の多い街並みを進み、『雲雀坂』と彫られた石標から続く細い石畳の道をのぼっていく。

芽衣は、大きな木が空を覆う雲雀坂の中腹で足を止めた。近くに桜の木は見えないが、足元に、一枚だけ薄桃色の花びらが落ちていた。

「ここって……愛理の家、じゃないよな」

悠斗が蔦の覆う小さな木の建物を見上げる。

「うん。ここは雲雀坂魔法店」

「魔法店？」

「〈雲雀坂の魔女〉の店だよ」

芽衣はドアを開ける。がらんと耳心地のいいカウベルが鳴り、ハーブの匂いが鼻の奥に通る。

「やあ、いらっしゃい」

店内にはあの日と同じく、ローブ姿の少女——翠がいた。

翠は絵画のように美しい笑みを浮かべ芽衣と悠斗を出迎える。まるで今この瞬間にふたりがやってくることを知っていたかのように、あまりにも自然に。

「翠。悠斗を連れてきました」

翠はふたりに椅子に座ることを促したが、芽衣は立ったままそう告げた。カウンターに入った翠は、笑みを浮かべたまま、電気ケトルに水を入れ湯を沸かし始める。

「あなたが言っていたのは悠斗のことでしょ」

「うん、そうだね」

「これで、約束を果たしたことになりますよね」

「関わりのある人を連れてくるという約束はね」

「芽衣、待って。どういうこと？」

何も知らない悠斗が芽衣の肩を掴む。

芽衣は、一度だけちらりと悠斗を見て、視線を翠へ戻した。

「わたし、この間もこの店に来たの。魔女に魔法をかけてもらうために。そのときは断られたんだけど、翠が……〈雲雀坂の魔女〉が、あんたも店に連れてきたらわたしの望みを魔法で叶えてくれるって」

「おれを？　魔法って……ねえ、〈雲雀坂の魔女〉って、まさかこの人のこと？」

悠斗の問いに、翠は微笑みを浮かべるばかり。

「ちょっと、待って。何がなんだか」

悠斗は髪をわしわしと掻《か》いて、やや警戒した視線を翠へ向ける。

「まず、この人は、本当に魔女なの？」

「うん。たぶん」

「たぶんって……何それ」

「だって魔法を使ってるところは見てないから、絶対に魔女だとは言えない。でも魔女って言えるくらい美人だし、この店が、魔女のいる店として有名だってことは本当」

正直に言えば、芽衣はほんの少しだけ翠のことを疑っていた。芽衣のお願いを断ったのは、翠が本物の魔女ではないから……つまり魔法を使うことができないからではないのかと。

しかし、届いた手紙で確信させられた。翠は本物の魔女だ。

話していないことまで見抜いていたことに、ほんの少しの恐ろしさを感じながらも、同時に胸が躍りもしたのだ。翠が本物の魔女であるのなら、必ず芽衣の望みを叶えてくれるはずだから。

「まあ、本当に魔女、だとして……おれを連れてきた理由は？」

「翠が、連れてこいって言ったから」

「だから、それがどうして。なんで魔女はおれを」

「わかんない。わたしは言われたから、連れてきただけ」

芽衣にとってはそれが理由だった。芽衣もまだ、悠斗を連れてくるようにと言った翠の真意を測れてはいないのだ。

そうでしょうと、翠に問いかける。翠はこくりと頷く。

「そうだね。私が悠斗を連れてくるようにと、芽衣に手紙を出した」

「……どうして？　おれでなきゃいけない理由があるんですか？」

「ああ。まあ、ただのお節介のようなものなのだけど」

「だから言ったじゃん。わたしの望みを叶えて、魔法をかけるためだよ」

翠の真意はわからない。けれどそんなものはどうでもよかった。

「悠斗を連れてきたら、魔法をかけてくれるって手紙に書いてあった。だからわたしは言われたとおりに悠斗を連れてきた」

それだけを信じて、もう一度この店に来たのだ。

これが本当に最後のチャンスだった。

「約束は守ったから、今度こそ、この痕を治してください」

芽衣は左の袖をまくり上げた。大きな火傷の痕の残る腕を翠に突き出しながら。

静かな店内。電気ケトルのお湯が沸く音がことことと鳴り出す。

「芽衣の、望みって」

悠斗が掠《かす》れた声で呟《つぶや》いた。芽衣は、悠斗を見ないようにしていた。

「まさか、それを魔法で……それが、芽衣の望み？　魔法で治せるのか？」

悠斗の言葉を、翠は否定も肯定もしない。穏やかな表情のまま目を細めるだけだ。

「翠、この間言いましたよね。魔法なら治せるって」

「言ったね」

「だったら」

「治せるなら」

と芽衣の言葉を遮ったのは悠斗だった。

悠斗は翠へ詰め寄るように、カウンターに両手を置く。

「芽衣の火傷の痕を治せるなら、おれからも、お願いします。治してやってください。綺麗に。どうか」

深く頭を下げ、「お願いします」と悠斗は何度も言った。

芽衣はわずかに驚きつつ、でもそれだけではない複雑な感情を抱きながら、必死に請う幼馴染みを見下ろした。

髪を短く切ったうなじがよく見えていた。悠斗には、うなじの生え際に近いところに小さな痣《あざ》のようなものがある。同じものが、右の耳と、こめかみにも。あの事故のときに負った火傷の痕だ。目立ちはしないまでも、悠斗にも小さな痕がいくつか残ってしまっていた。大人たちが芽衣の怪我に慌てたせいで、悠斗の処置が少し遅れたからだった。

「芽衣のこの火傷はおれのせいなんだ。おれを庇って、こんなひどい怪我を負ったんです。一生消えない痕が残った。治ってくれればって、おれはずっと思っていたんだ」

指先を強く握り込んだ悠斗の両手は震えていた。

芽衣は、唇を嚙み締めていた。

「……」

胸が張り裂けそうだ。少しずつ積もってきた感情が膨《ふく》れ上がり、もう耐えられないと心が叫んでいる。

ここで終わりにしなければ。絶対に終わらせなければ。

二度と悠斗のこんな姿を見なくて済むように。悠斗に、こんな顔をさせないで済むように。

今日ここで終わらせて、断ち切って、変わらなければいけない。

「顔を上げて」

翠が悠斗の頰に手を寄せた。悠斗が言うとおりに顔を上げると、次に翠は、赤い瞳を芽衣へと向けた。

芽衣は、自分を真っ直ぐに見つめる瞳を見つめ返す。親しくない相手と視線を合わせるのは決して心地いいことではない。ましてや人とは違う魔女の瞳であればなおさら。けれどどうしてか、翠から視線を逸らすことができない。

「芽衣」

名前を呼ばれ、芽衣は乾いたのどに唾《つば》を流し込んだ。緊張はしていたが、自分の心に迷いはない、そう思っていたから不安はなかった。

「はい」

「私は手紙にこう書いたはず。もしもあなたが、本当に心から痕を治したいと願っているのなら、と」

「はい。だからもう一度来たんです。わたしはどうしてもこの痕を消したい」

「それは、本当に本当のこと？」

え、と問い返す。

翠の問う意味がわからなかった。今さら何を言っているのだろうか。翠に一度断られた日から、また何度も何度も考えて、苦しんで、そしてまた希望を見出《みいだ》しここへ来たのだ。

本心に決まっている。心から、この痕を治してほしいと思っている。そうでなければ最初からこの店に来るはずもない。

「芽衣、あなたは本当は、今も傷痕のことなんて少しも気にしていないでしょう」

芽衣は目を見開いた。

翠が頷くように瞬きをする。

「あなたが本当に消したいのは、傷痕ではなく、悠斗の心の重荷のほうさ」

翠の視線が動き、つられるように、芽衣は悠斗を見た。

悠斗と目が合う。戸惑いを浮かべるその表情と、きっと同じような顔を自分もしているのだろう。

「……」

芽衣は、翠の言葉に何も言えなかった。悠斗を見つめながら、どうしてかひどく泣きそうになった。

なぜ泣きたいのかわからない。いや、本当はわかっている。

翠の言ったことが正しいからだ。それこそが、芽衣の本当の願いだからだ。

「悠斗」

と、翠が悠斗へ声をかける。

「あなたは今、芽衣のために頭を下げたね。どうしてそんなにも芽衣の火傷の痕を治してほしいと思うの？」

「それは……」

悠斗は躊躇うように唇を引き結んでから、口を開く。

「芽衣の望みを叶えたいって思いもあります。でもそれだけじゃなくて、火傷の痕がなくなれば、少しは芽衣と対等になれると思ったんです」

「うん」

「おれが本当は、芽衣のそばにいるべきじゃないってことはわかってるんです。だっておれのせいで芽衣が酷い目に遭って……大変な怪我をしたり、嫌なことを言われたり。でも、他人事《ひとごと》みたいに見てるだけのほうがよっぽどいけないと思って、せめて、嫌われていてもいいから芽衣のためになろうとしたんです。芽衣がもう傷つくことがないように、これからは絶対におれが守ろうって決めてた。それで十分だって思ってた。けど」

悠斗の目に薄く涙が張っていた。それが落ちるのを堪《こら》えるように、悠斗は眉をぎゅっと寄せた。

「もしも傷痕が消えたら……消えても、過去は変わらないけど、でも少しは芽衣の思いが晴れて、わだかまりなく芽衣と向き合えるときが来るかもしれないって、そう思ってしまった」

それは、悠斗の願いだった。

ふたりで火傷を負ったあの日から、呪いのように悠斗の心を覆っていた願いだ。

一緒にいる中で、芽衣は少しずつ気づいていた。けれどこれまで一度たりとも言葉にされたことがなかったから、そのすべてを知っていたわけではなかった。

「……わたし、悠斗のせいなんて思ったことないよ」

震える声で芽衣は言う。目頭が熱い。吐き出す息も。

「あの日悠斗を庇ったことだって後悔してない。この傷だってちっとも嫌なんかじゃない。今もこれからもそうだよ。ねえ、わたしがいつあんたに恨み言言った？一回もないよね。だってわたし、何も気にしてなんかいなかったんだから」

「ならどうしてこの店に来たんだよ。やっぱり傷痕を気にしてたってことだろ。気にしてないなんて、無理して言ってたんじゃないのか」

「そうじゃないよ。全部本心だった。あんたが信じなかっただけでしょ。わたしの傷を気にしてたのはあんたのほうだよ。わたしがどれだけ大丈夫って言ったって、あんたが気にし続けるから。だからもう痕を消すしかなかった」

「おれがって……でもそれだけの理由でわざわざ魔女に頼むなんて……」

「それだけの理由？　わたしにはね、それが魔女に縋るくらいの理由だったの。どうしても、悠斗から離れたかったから」

そうするには火傷の痕を消すのが一番の方法だった。火傷の痕さえ消せば、悠斗は必ず自分から離れていくと思っていた。芽衣と悠斗は、この傷痕以外には特別な繋《つな》がりもない、ただの幼馴染みだから。

「おれから、離れたかった？」

「そうだよ。それなのに、あんたが」

芽衣は短く息を吸った。中学の制服を着るのもあとわずかだった、一ヶ月前のことを思い出していた。

学校の廊下で悠斗に呼び止められた芽衣は、思いもしなかったことを伝えられたのだ。

「あんたがわたしと同じ高校に行くって言うから！」

——芽衣と、同じ高校に行こうと思ってる。

そう聞かされたとき、芽衣がどれだけ動揺したか、悠斗は知っているのだろうか。

それまでは、いつか自然に変わっていくのを待つつもりだった。でもそれでは駄目だと気づかされた。

「おれが同じ高校に入るの、そんなに嫌なの？」

「嫌だよ。あんたが別の高校志望してるって聞いて、ほっとしてたのに」

「……芽衣は、そんなにおれのことが嫌い？」

「違う。そうじゃない。わたしは悠斗を嫌ったことなんて一度もない。そうじゃなくて、わたしは」

嫌ってなどいないからこそ離れたかった。昔みたいに悠斗と心から笑い合える日が来るとしたら、きっと長く離れたあとで、お互いがあの事故も、傷痕も、過去の思い出にできたときだと思ったから。

遠い未来で、そんな日が来てほしいと思っていたから。

「わたしはもう、悠斗を解放してあげたいの」

芽衣は悠斗を責めたことなどない。悠斗を責めていたのは悠斗自身だ。

悠斗が自分に負い目を感じていることを知り、芽衣は心がしぼんでいくような気持ちになった。芽衣の怪我に責任を感じ、痕を見るたびに悲しい顔をして、罪滅ぼしのように優しく接する。悠斗が芽衣を思いしていたことのすべてが、芽衣にとってはひどく辛いことだった。

火傷のことなんて気にしなくていい。以前のように接してほしい。それができなくてもせめて、無理に芽衣のためになろうとしないでほしい。

ただ芽衣は、そう思いながらも、こんな日々は長くは続かないだろうとも考えていた。しばらく経てば悠斗も気にしなくなる、もしくはお互いが成長するにつれ、自然に距離が離れていくだろうと。

中学の卒業はいい機会だった。嫌でも同じ学校へ通わなければいけない小中学校と違い、高校はそれぞれで行くべき場所を選べる。

悠斗が第一志望にしていた高校は芽衣の志望校と違った。別々の高校に行けば会う頻度も減り、いつかは芽衣を忘れていくはずだ。寂しさがなかったわけではないが、これで悠斗を自由にしてあげられるという安心感のほうがはるかに大きかった。

それなのに、悠斗が元々志望していた高校と違う学校を受験したと――芽衣が推薦入試を受けていた学校へ行こうとしていると知り、ひどく焦《あせ》った。

悠斗の学力では志望校を変える必要はなかったはずだ。もっと偏差値が上の学校に行けた。それなのにこの学校を選んだのは、芽衣がいるからに違いなかった。

――同じところ受かったよ。高校でもよろしくな。

笑う顔に、笑い返せなかったのは、決して悠斗を嫌っていたからではない。

悠斗の人生をこれから先も縛り続けてしまう自分の存在と、この傷痕が、恨めしかったからだ。

「だから、変わらなきゃって思った。このままじゃわたし、ずっと悠斗の足枷になる。じゃあどうしたらいいかって考えたら、火傷の痕を消すしかなかった。そうしたら悠斗はもう責任を感じる必要もないし、わたしに負い目もなくなる」

この痕さえなくなれば、悠斗が芽衣から離れていける。

悠斗の心の重荷を外し、自分から解放してあげることこそが、芽衣が心から願っていたことだったのだ。

「対等になりたかったのはわたしのほうだよ。余計なものを背負わずに、昔みたいな関係に戻りたかった。悠斗と、ちゃんと」

「芽衣」

「だから、離れていってほしかったのに」

息を切らす芽衣の両目から、我慢していた涙が落ちた。必死に両手で拭うが、我慢しようとしても溢れてしまう。

「ご、ごめん芽衣。泣かないで」

悠斗は困惑しながら、恐る恐るといった様子で芽衣の肩に手を触れる。

「芽衣がそんなこと思ってるって知らなかった。でも、高校は、別にその、火傷のこととかは関係なくて」

尻すぼみに悠斗は言った。芽衣は鼻水を啜《すす》りながら顔を上げる。

「……じゃあどうしてわたしと同じとこにしたの？　悠斗なら別の学校行けたじゃん。最初は違うとこ志望してたでしょ」

「そうだけど……芽衣が、あの高校行くって言うから」

「やっぱり、わたしの世話を焼くために無理して選んだんだ」

「いや、そうじゃなくて……」

「じゃあなんで！」

　ぐしゃぐしゃの顔で睨みつけると、悠斗はあからさまに視線をさまよわせた。それでもじっと見続けていれば、やがて泳いでいた目が芽衣の元へ戻り、観念したようにぽつりと零《こぼ》す。

「好きな人と同じ高校に行きたいって思うのは、そんなにおかしなことかな」

　赤くした首筋を掻いて、悠斗は拗《す》ねたように唇を尖《とが》らせた。

　芽衣は、声を出すこともできなかった。時間が止まったかのように瞬きを忘れ、呆《ほう》けた顔で幼馴染みを見上げていた。

　悠斗は今、なんと言った？

「……」

　聞き間違いじゃなければ、好きだと、言ったはずだ。責任感でも罪悪感でもなく、それこそが、悠斗の行動の理由だったのだと。

「な、何を」

心臓がどっと鳴る。

顔が燃えていた。全身の熱がすべて頬に集まったかのようだ。頭の中が混乱して息の仕方さえわからない。不安も焦りも怒りも飛んで、恥ずかしさと、また別の妙な感情が心の奥底に湧いていく。

「何言って、急に」

「急じゃないよ。ずっと思ってたし……芽衣にもとっくに気づかれてると思ってたんだけど」

「き、気づいてない。それに、わたしは、あの」

「いいよ別に。芽衣がおれをそういう意味で好きじゃなくても」

おそらく真っ赤な顔になっているだろう芽衣を、悠斗は真っ直ぐに見ている。

そんなはずないのに、悠斗と目を合わせるのが、随分久しぶりのように思った。

「芽衣の傷痕に負い目を感じてたのは本当。だから自分の思いを伝えるとか、芽衣に同じ思いでいてほしいとかは今まではどうでもよくて、ただ芽衣の役に立てればって思ってた。でも、そうじゃないなら……芽衣がおれを、対等に見てくれるなら」

鼓動がうるさい。長い間胸の内を占めていた思いがたった一瞬ですべて消え、今はもう、まったく違う理由で心が落ち着かない。

こんなことになるなんて思っていなかった。望んだのはこんなことではない。

けれど、望んだことよりも、いい未来に繋がるかもしれない。

「これからちゃんと、芽衣におれを好きになってもらうから」

言葉でははっきりと言いながら、顔は緊張しきっていてどうにも決まっていなかった。

息を止めていた芽衣は、数秒悠斗と見つめ合い、ようやく呼吸を思い出した。胸に手を当て顔を伏せながら、息をゆっくりと吐き出し、吸って、また吐き出す。

涙はとっくに止まっていた。胸の高鳴りも少しずつ収まってきている。

代わりに、ふつふつと笑いが込み上げた。眠れなくなるほど悩んでいたことが、まるでちっぽけなことのように思えた。なんてことはない。思いを言葉にして伝えるという簡単なことが、足りなかっただけだった。ふたりとも、互いを大切に思っていただけだったのだ。

「……笑うなよ」

「仕方ないよ。悠斗が恥ずかしいこと言うから。面白くて」

「おれは真剣なんだけど」

「知ってる」

芽衣は目尻をまだ濡《ぬ》らしたまま笑う。悠斗も気の抜けたような笑みを見せた。悠斗のこんな笑い方も、久しぶりに見たような気がした。

そして、気づいていなかった自分の思いに――悠斗はとっくに自覚していた相手への思いに――気づいた。

悠斗にとっての自分は、火傷さえなければただの幼馴染みであるのだと思っていた。だから、自分も悠斗を特別ではないと思おうとしていた。でも本当はもうずっと前から、悠斗は芽衣にとってただの幼馴染みではなくなっていたのだ。

対等でありたかったのも、離れたがったのも、自分から遠いところで悠斗の自由と幸せがあることを願ったのも。芽衣が悩んできたことのすべての理由が、悠斗に抱く思いから始まったことなのだと、ようやく気づいたのだ。

芽衣がその思いを悠斗へ告げるには、もう少しだけ時間がかかるかもしれないけれど。

「ふたりとも優しい子だね」

翠の声が、芽衣と悠斗の間に通る。芽衣たちは揃《そろ》って翠に振り向いた。美しい少女の姿をした魔女は、静かにふたりを見守っていた。

自分たちのやり取りを冷静に振り返り、芽衣は穴があったら入りたくなるほど恥ずかしくなったが、翠は呆《あき》れることもからかうこともなく、崩れない微笑みを浮かべるばかりだ。

「あの、ごめんなさい。騒がしくして」

「構わないよ。聞いていて面白かったから。話したいことは話せたかい？」

「は、はい、たぶん……もう、大丈夫だと思います」

「それはよかった。ふたりとも、優しすぎて見えなくなっていたものがあったのかもしれないね。見えなくても、いつだってそばにあったものが。でもこれからは、きっと見失うことはないだろう」

翠は芽衣と悠斗と順に目を合わせ、ゆっくりと頷く。

「さあ芽衣。どうする？」

言葉の少ない問いだった。けれど、何を問われているかはわかっていた。

「……魔法をかけてもらうのは、やめます。この火傷の痕は、このままで」

「そう。わかったよ」

「翠」

「なあに？」

芽衣は翠に、どうしてわかったのかと訊ねようとした。話していない芽衣の本心や、会ったことすらない悠斗の思いをなぜ知っていたのかと。

でも、やめた。そう訊ねることは無粋なことのように思ったのだ。

「ううん、なんでもないです」

翠は深追いして訊いてきたりはしなかった。今の芽衣の心情すらすべてわかっているかのように、ただふわりと笑んでいた。


翠から特製のハーブティーをご馳走《ちそう》になり、ついでにおすすめの茶葉を何種類か購入して、芽衣と悠斗は雲雀坂魔法店をあとにした。

店を出るときに、先に出て行った悠斗に続こうとした芽衣を、翠が呼び止める。

「いいかい、芽衣」

姿は同じくらいの歳であるはずなのに、芽衣よりもずっと長い間人々の営みを見てきたような目で、声で、翠は芽衣に語りかけた。

「人は、生きている間に多くのものを失う。その中にはかけがえのないものだってある。どうしようもない別れもある。だから、どうか大切にするんだよ。失わないように、自分自身で守らなければいけないよ」

翠の言った言葉をすべて理解することは、芽衣にはまだ難しい。それでも「わかりました」と頷いた。翠も、首をひとつ縦に振った。

芽衣は最後に翠に訊ねる。

「翠も、失ったものがあるんですか？」

彼女は魔女だ。すべてを知り、何もかもを得られる魔女が、失うものなどあるはずないと、芽衣は思っていたけれど。

「ない生き物なんているものか」

翠の答えは想像とは違っていた。でも、胸に落ちた。

「さよなら、翠」

「さようなら、芽衣。何かあればいつでもおいで」

芽衣は翠に手を振り、雲雀坂魔法店のドアから外へと飛び出した。

春の風が心地よく吹きつける。桜の花びらが幾片も空を飛んでいく。

「芽衣」

名前を呼ぶ人へ返事をし、芽衣は雲雀坂を駆け下りる。

第二話　夏風の幸福

「旦那様、お食事の用意ができていますよ。そろそろ休憩なさってはいかがですか？」

英恵《はなえ》に声をかけられ、稔《みのる》は顔を上げた。時計を見ると十三時を回っている。作業を始めたのは確か九時前だったはずだから、四時間以上も没頭してしまっていたことになる。

医者からはもっとこまめに休息を取れと言われているのに、どうも一度集中すると時間を忘れてしまう。改めなければいけないなと、稔は自分で自分に苦笑する。

「ちょっと待ってね。切りのいいところまで進めるから」

「駄目です。そういっていつも長引くんですから。今すぐ休憩を取ってください」

「……わかったよ」

長年世話になっている家政婦の英恵は、主人である稔に忠実であるが、こういった類いの言い合いではまず稔に勝ち目はない。

稔は大人しく絵筆を置いた。イーゼルに立てかけた眼前のキャンバスは、まだしばらく完成しそうにない。

「さあ、お昼にしようか、クロ」

掛けていた椅子の足元に皺《しわ》だらけの手を伸ばす。稔の足に寄り添うように伏せていた黒猫が、大きなあくびをしながら伸びをした。

「クロもお腹《なか》が空《す》いたでしょう。まったく、お昼は十二時半にとおっしゃったのは旦那様ですのに。いつまでもいらっしゃらないからと思って来てみれば……もっと早く様子を窺《うかが》いに来るべきでしたね」

「ふふ、ごめんね英恵さん。いつもありがとう」

稔は英恵に手を貸してもらいながら立ち上がる。体のあちこちの関節が痛み、立つという単純な動作にさえひどく体力を使う。心が老いる速度より、体はずっと速く衰えていくようだ。歳を取るというのは大変なことなのだなあと、他人事のように考える。

なんとか腰を上げた稔は、一歩足を踏み出した。すると、ふいに腹部に鈍痛が走り、思わず足を止めてしまう。

「だ、旦那様」

慌てる英恵を手で制し、深呼吸を繰り返す。痛みが増すことはないから大丈夫そうだ。稔は痛む箇所を押さえながらも一歩二歩と歩き始める。

隣を歩くクロが、にゃあと鳴きながら見上げていた。風のように速く走れるのに、稔の歩みに合わせてくれている。本当に賢く、優しい子だ。

「大丈夫だよクロ、ありがとう」

ふにふにと鳴くクロを見ているだけで不思議と痛みが和らいでいく。どんな治療薬を飲むよりも、もしかしたらクロのそばにいることが一番の薬になっているのかもしれない。

稔はアトリエを出て、渡り廊下を通り母屋へ向かった。

廊下から見える中庭には、英恵が丁寧に育てた花が元気よく咲いている。背の高い向日葵《ひまわり》に、夕に開く月下美人《げっかびじん》、芙蓉《ふよう》やブーゲンビリア、奥にはプルメリアの花も咲いていて、木からは蟬《せみ》の声が聞こえてくる。

暑さは体力を削っていく。けれど、鮮やかな色に染まる夏という季節が稔はとても好きだった。長い人生で培ってきた些細《ささい》な記憶のなかでも、思い返そうとして浮かぶのは、この季節が一番多いような気がした。

最近めっきり食の細くなった稔に合わせ、英恵は食べやすい料理ばかりを工夫して作ってくれている。おかげで、決して体調がいいとは言えない今日も、出されたものをしっかりと食べきることができた。

食事を終えた稔は、ぬるめのお茶でひと息ついていた。英恵はキッチンで洗い物をしている。水道の音や食器の触れ合う音。何気ない生活音は、聞いているとどこか安心する。

ふいに、稔が休んでいるテーブルへクロがとんと飛び乗ってきた。撫《な》でろと言いたげに目の前で寝転ぶクロを、稔は望みどおり満足いくまで撫でてあげる。

「今日も綺麗だねクロ。僕は鮮やかな色が好きだけれど、きみの毛並みは他のどんな色より一等鮮やかで美しく見えるよ」

この黒猫は、稔の唯一の家族だった。八年前、稔が妻を亡くしてすぐ、まだ生まれたばかりだったところを拾ったのだ。母猫とはぐれたのか、死にかけて庭に迷い込んできたところを保護した。飼うつもりはなく、そのうち引き取り手を探す予定だったが、懸命に看病し元気になった頃にはとっくに情が移っていて、結局自分で育てることにした。

名前は、真っ黒だからクロ。芸術家のくせに安直すぎるかもしれないが、それ以外にしっくりくる名前が思い浮かばなかった。

子がおらず、両親もとうの昔に亡くしていた稔にとって、クロは妻の他に唯一できた特別な存在だった。妻が死に、彩りを失いかけていた稔の日々を、ふたたび明るく照らしてくれたのがクロだ。稔は、この子がいつまでも幸せに生きられるよう、そればかりを願い、この八年を過ごしてきた。

「あらあら、クロちゃんったらまた旦那様に甘えて」

洗い物を終えた英恵がダイニングへやってくる。

「もう、わたしにはいつまで経っても撫でさせてくれないくせに」

「ふふ、英恵さんのことは好きなはずなんだけどね」

「何かプライドみたいなものがあるのかしら」

首をくねくね傾げながら「洗濯物入れてきますね」とテラスへ向かおうとする英恵を、稔は呼び止める。

「そういえば英恵さん、先週腰を痛めたって言っていたけど、もう平気そうだね」

太りすぎかしらと落ち込んでいたのを慰めたのは、つい最近のことのはずだ。今は、それがまるで嘘のように軽い身のこなしで働いている。

「そうなんですよ。もうすっかり！」

英恵は立派な腰回りをぽんと叩《たた》く。

「実は雲雀坂魔法店に薬を買いに行きましてね。それを飲み始めたら、あっという間に治ってしまって」

「雲雀坂魔法店……魔女の店か」

稔の住む雲雀町には魔女が住んでいる。〈雲雀坂の魔女〉と呼ばれている彼女は、この町で店を構え、自ら育てた薬草で薬を作り販売しているという。魔女の薬と言っても魔法のような奇跡の治癒能力は持たないが、非常に効果が高く、大層評判なのだと聞き及んでいる。

「最近娘が不眠気味で、ついでにそれの相談もしてみたら、不眠に効く薬も出してくれましてね。そっちもとても効いていて。やっぱり魔女の薬は違いますねえ」

「些細な不調くらいなら、下手に医者にかかるよりいいのかもしれないね」

「病院に行くべきときはきちんと行かないといけませんけどね。決して万能薬ではありませんから。魔法でしたら別ですけど」

「魔法はまずかけてはもらえないんだっけ。まあ、魔法のような奇跡で救ってほしいと願う人は大勢いるだろうから、そのすべての願いを聞いていてはきりがないものね」

雲雀坂魔法店が営業を始めた直後は——もう随分昔のことだそうだが——噂を聞きつけた人たちが魔法を求め、全国各地よりこの町に詰めかけたそうだ。結局、魔女は気が向かない限り金でも涙でも脅しでも動かないことが広まり、徐々に人々は諦めていった。

もちろん、今でも魔女の力を欲してやってくる人は少なくないが、客が殺到するということはない。もしも雲雀坂魔法店が名前のとおりに魔法を売る店だったとしたら、きっと雲雀坂には連日連夜大行列ができているだろう。そうであれば、稔はこの町に住むことはなかったかもしれない。

「そういえば、旦那様は魔女の店に行かれたことはありましたっけ？」

英恵の問いに、稔は首を横に振った。

「近いから、行こうと思えばいつでも行けたんだけどねえ」

「あら勿体《もったい》ない。でも、いつでも行けるからこそなかなか足が向かなかったりしますよね」

「ふふ、そうだね」

雲雀町に引っ越してきてもう三十年ほどになる。しかし稔は一度も魔女の営む店に行ったことがなかった。興味はあったが、だからと言って絶対に行かなければいけないほどの用事もなく、訪ねることのないまま今になってしまっていた。

ただ、魔女の姿を見かけたことは何度かある。深緑色のローブを纏い、赤みがかった長い髪をなびかせた、とても美しい少女だった。

そう、いつ見かけても、彼女は少女の姿をしていたのだ。町に越してきた三十年前に見たときも、クロを拾った八年前に見たときも。

魔女や魔法使いは普通の人間と生きる時の流れが違う。一説には、不老不死ですらあるという。そのことはもちろん知っているが、時の流れに沿い老いていく自分と、いつまでも変わらない彼女とを比べると、なんだか不思議な感覚を覚えた。

「……ねえ英恵さん。洗濯物をしまい終えたら、頼みがあるんだけれど」

稔の言葉に、英恵は嫌な顔ひとつすることなく「なんでしょう」と答える。

「あのね、僕を〈雲雀坂の魔女〉のもとへ連れていってくれないかな」

◇

雲雀町へは、四十代のときに妻とふたりで越してきた。

運のいいことに画家としての名が広まり、絵を描くことだけで十分に生活できるようになった頃だ。アトリエを併設できる広い場所へ家を建てようと決め、いくつかの候補地から選んだのがこの町だった。都市部からは離れているが、稔の仕事の仕方を考えるとさほど不便はない。むしろゆったりとした空気の流れる町の雰囲気が、稔たち夫婦の生活に合っていると思えた。

高台のほうに土地を買い、開放感のある母屋と自身の仕事場であるアトリエを建て、ガーデニングが趣味の妻のために大きな庭も組み込んだ。真新しい木材の匂いを嗅ぎながら、この家をふたりの最期の地にしようと、妻と話したものだった。

雲雀町に魔女が住んでいると知ったのは、引っ越してきたあとのことだ。近所の人から雲雀坂魔法店の話を聞いた妻が、稔にも教えてくれたのだ。

稔はそれまで魔女にも魔法使いにも会ったことがなかった。妻は若い頃に一度だけ魔女を見たことがあったそうだが、魔法を使うところまでは見なかったのだという。

雲雀坂に住む魔女はこの地に長く定住しているというから、自分たちもここに住んでいればいつか魔法を見られるかもしれないねと、妻と笑い合ったことを稔は覚えていた。

ついぞ、妻は魔法を見ることなく亡くなってしまったが。稔自身も同じように、そんなものには縁もなく、死んでいくのだろうと思っていた。

「……英恵さん、大丈夫？」

背後にいる英恵の鼻息が荒くなっていた。雲雀坂は傾斜がきつく、足元が石畳であるため、車椅子を押すのにかなりの労力がいるのだろう。おまけに今日はからりと晴れた夏日だ。暑さも彼女の体力を削っているはずだった。

「僕、降りようか？」

「何を言っているんですか。無理をするなとお医者様から言われているでしょうに」

「でも今は英恵さんのほうが無理している気が……もうすぐ着くだろうし、少しくらい自分で歩けるから」

「お構いなく。体力には自信がありますし、ダイエットだと思えばこのくらい！」

自宅近くから雲雀坂の下までは町営バスで来られる。けれど車の通れないこの坂は、自力でのぼる必要があった。

平坦《へいたん》な道を歩くことさえ覚束《おぼつか》ない稔に、雲雀坂をのぼることは困難だった。そのため英恵に車椅子を押してもらうことにしたのだが、辛そうな英恵の様子を見るに、やはり頼むべきではなかったのかもしれない。

「ごめんね英恵さん」

という言葉もすでに聞こえていないようだ。大変なことをお願いしてしまったと稔が後悔していると、

「あ、ここですよ！」

大きな楠《くすのき》の木陰に入ったところで、英恵が足を止めた。

右手側に目を向けると、絵本にでも出てきそうな可愛らしい木の家が建っていた。

外壁にはところどころ蔦が這い、ドア前の階段の隙間から百日草《ひゃくにちそう》が咲いている。

正面に取り付けられた鉄看板には雲雀坂魔法店と書かれていた。魔女の店の名だ。

「ここが……」

稔は車椅子から立ち上がり、三段の階段を自力でゆっくりとのぼって、ドアを開いた。

からんとベルが鳴り、優しい植物の香りが身を包む。

「やあ、いらっしゃい」

店には、この季節にそぐわない深緑色のローブに身を包んだ魔女がいた。やはり初めて見かけたときと変わらない美しい少女の姿をしている。声は、顔に似合わず低めのハスキーだ。思えば彼女の声を聞いたのは初めてだった。

「こんにちは、魔女さん」

「外は暑いだろう、どうぞ奥へ」

稔は魔女に手招きされるままに店の中へ入り、カウンターの椅子へと腰かけた。

続いて汗まみれの英恵も入ってくる。

店内は、見た限り冷房設備のようなものがないのに、やけに心地よく冷えていた。隣に座った英恵も気持ちよさそうにしている。稔と英恵ではちょうどいいと感じる温度が違うはずなのに、不思議だなあと、稔は思う。

「おや」

小さな足音に気づき視線を下げると、稔のもとへ灰色の毛並みの猫が近寄ってきていた。エメラルドグリーンの瞳の美しい猫だ。

猫は軽やかにジャンプして稔の膝に乗った。そのまま横たわってしまったので、稔は無防備な猫の体を優しく撫でてあげた。

「やあ、可愛いね。綺麗な子だ」

「もう、ニケちゃんまで旦那様にばかり懐いて」

「ニケという名前なのか。僕にはクロの匂いが付いているはずだけど、気にならないのかな」

ニケに夢中になっている間に、魔女が冷たいハーブティーを淹《い》れてくれた。英恵はよほど喉が渇いていたのか、グラスの中身を一気に飲み干してしまっていた。

「英恵、腰の調子はどう？」

英恵がひと息ついたところで魔女が問いかける。魔女は、英恵がこの店で薬を買ったことを覚えているようだ。英恵は親指を立てながら「ばっちりですよ」と元気よく答えた。

「あれからすっかりよくなって。旦那様の車椅子を押して坂をのぼれるくらいに」

「そう。でも繰り返すようなら、きちんと医者にかからないといけないよ」

「はいはい、わかっていますよ」

英恵は立ち上がり、商品の置いてある棚を物色し始めた。薬だけでなくハーブティーなどの販売もしているようで、たくさんの種類の茶葉が瓶に入れて置かれていた。

稔は出されたお茶をひと口飲む。喉をさらりと流れていく、飲みやすいお茶だ。

「お味はどう？」

魔女に問われ、稔は顔を上げる。

「とても美味《おい》しいです。僕のような年寄りにも合っている」

「それはよかった」

魔女は絵に描かれた天使よりも美しく微笑んで、「私は翠」と言った。

「翠、素敵な名前ですね」

「ありがとう」

「僕は稔といいます」

「そう、稔。あなたは何をお求めに？」

稔は少し沈黙した。

この店に来たのは興味本位ではない。目的がある。英恵から魔女の店の話を聞いて思いついたことだった。もしも、と考えてしまったのだ。

「ひとつ訊きたいことがあるのですが」

「何かな」

「魔女は、動物と話すことができると聞いたことがあるのですが、本当ですか？」

魔法使いや魔女の存在は謎が多いから――彼らが自らのことを話そうとしない者ばかりだから――あることないこと、様々な噂がひとり歩きしては広まっている。その中に、あらゆる生き物と会話ができる、という話があった。

翠は変わらぬ笑みを湛《たた》えたまま「本当でもあり、嘘でもある」と答える。

「一部はそういう者もいる。けれど多くの魔法使いや魔女が心を通わせられる動物は、自らと契約した使い魔のみ。私の場合は、そのニケさ。ニケとならお喋りができるけれど、他の動物とはできないよ」

「ああ、そうですか……」

稔は肩を落とした。膝に乗ったままのニケが、翠に同意するようにひと鳴きする。

「望んだ答えではなかったかな」

「いえ。変なことを訊いてしまって申し訳ない」

「構わないよ」

店に来た目的は果たしてしまったが、これだけで帰るのも気が引けるから、買い物もしていくことにした。

薬よりは飲みやすいお茶のほうがいい。だが稔はハーブティーに詳しくないので、何を買えばいいかよくわからなかった。自分で適当に選ぶよりは人に選んでもらうほうがいいかと、商品を物色している英恵に声をかけようとしたら、

「少し待っていて」

と、翠が言った。稔がきょとんとしている間に、翠はカウンターを出て、壁一面に設置された薬棚を探り始める。

大きな棚には引き出しが何十と備えられていた。翠は迷うことなく五つほどの引き出しを選んで開け、中から取り出したものを椀《わん》へ入れていく。

そしてカウンターに戻ってきた翠は、椀の中身を見せてくれた。数種の乾燥した

植物が入っていた。

「これは、翠が育てた植物ですか？」

「そうだよ。裏に温室があってね、それはもうたくさんの植物を育てているのさ」

「へえ。僕の妻も植物を育てるのが趣味でした。僕は、全然詳しくないのだけれど、彼女の育てた草木や花を見るのはとても好きで」

「よく知ることだけが愛ではないさ。ただそれを見て、綺麗だと感じる。それだけで十分だと私は思うよ」

翠が椀に手をかざす。唇から聞き取れない言葉が呟かれ、同時に翠の手のひらから光の粒子のようなものが降り注ぐ。

翠の下げた鳥かご型のペンダント……その中に入った常盤色《ときわいろ》の石が、ぼんやりと淡く光っているのに稔は気づいた。あれはなんだろう。外部からの光は当たっていないようだが。

「今のあなたに合う薬草を見繕《みつくろ》った。沸騰させてから少し冷ましたお湯で淹れて飲むといいよ」

翠は椀の中身を袋に入れ替える。

「今のは？」

「まじないをかけたのさ」

「それは、魔法とは違うのですか？　何か不思議な力のように見えましたが」

「同じと言えば同じだし、違うと言えば違う。言い分けているだけかもしれない」

「はあ」

「まあ、無味のスパイスだと思えばいいよ。害はないから安心するといい」

稔は品と材料の書かれた紙を受け取り、代わりに想像よりも安い金額を支払った。魔女特製の薬草茶というからにはそれなりの値段がするのかと思いきや、そこらのスーパーで売っているような茶葉とほとんど変わらなかった。

「わたしはこれにします。美肌と更年期に効くハーブティー」

英恵が数袋の商品をカウンターに置く。自分用と、友人への贈り物用にも購入するそうだ。

英恵の買ったものを包んでもらい、用事を終えた稔たちは雲雀坂魔法店を出ることにした。稔が立ち上がり外へ向かうと、見送るようにニケが付いてきてにゃあと鳴く。

「ニケ、またね」

英恵に支えてもらいながらしゃがんで、最後にひとつニケを撫でた。

カウンターの奥から見守る翠に頭を下げ、店を出る。店の外は、じわりと暑い夏の空気に包まれていて、英恵はほんの数秒でまたどっと汗を掻いていた。

そういえば、と先ほどの翠の台詞をふと疑問に思う。自分のことは何も話していないのに、稔に合うものを見繕ったとはどういうことなのだろうと。

考えても首を傾げるばかりだし、大方、年寄り特有の不調に効くとか、癖《くせ》がなく飲みやすいということだろうけれど。魔女の言葉だからかどうにも意味深で面白いなと、稔はふふっと笑ってしまった。そんな稔を、暑さにやられたのかと思った英恵が、心配そうに覗き込んでいた。

夜、寝支度を整えてから、翠の店で買った薬草茶を淹れてみた。

翠に言われたとおり、沸騰させたお湯を適度に冷ましてから、茶葉を入れた急須に注ぎ、三十秒ほど置いて湯飲みに移した。色はほうじ茶のようだ。香りはいかにも生薬といった匂いで、味にもややきつさがあった。稔は嫌いではないが、万人に好まれる味ではないだろう。

翠がこれを自分に薦めた理由を考えながら、稔は時間をかけ、湯飲み二杯分を飲み干した。少し休憩し、時計の針が二十二時を回ったところで、そろそろ寝ようかと立ち上がる。

急須と湯飲みを洗い終え、キッチンを出たときに、稔はようやく体の変化に気づいた。常に感じていた痛みや気だるさが、いつの間にかまるでなくなっている。立ち上がるのも、洗い物をする間に立ったままでいるのも随分楽だった。若い頃には息をするようにできていたそれらのことが、最近はとても辛くなっていたのに。

「……これは、まあ、不思議なことだ」

稔はテーブルに置いている茶葉の残りに目を遣《や》った。この調子のよさは、どう考えてもあの薬草茶のおかげに違いなかった。

「僕に合っているとは、こういうことか」

自分の体のことなど何ひとつ教えていない。だが、〈雲雀坂の魔女〉は稔の体のことを見抜いていたのだろう。もしかしたら稔本人よりもずっと深く正確に。そのうえで、この身に合った作用のある薬草を選別し、稔に寄越したのだ。

「粋なことをするものだねえ」

ここまで劇的な効果があることには驚いてしまう。英恵が医者よりも先に魔女を頼ったのにも頷けた。

痛みがまったくないというのはいつ以来だろう。体力が戻ったわけではないのに、痛みが消えただけで随分と体が軽い。

「クロ、今ならきみと散歩にも行けそうだ」

足下に擦り寄ってきたクロを抱え寝室へと向かう。クロを抱き上げるのも久しぶりのことだった。

「きみ、こんなに重かったっけ？」

と聞くと、クロは黄金色の目を細めて「なうん」と髭《ひげ》を揺らした。

◇

医者から余命を告げられたのは、半年前のことだ。

半年前、あと半年の命だと言われた。稔の体を蝕《むしば》む病は、もう治療をする余地がなかった。

告げられた直後はさすがにショックを受けたが、比較的早い段階で医者の言葉を受け入れた。妻はもう亡くしているし、自分もすでに高齢だ。死は決して遠い存在などではなく、頭の片隅に常に置いていたものだった。

余命を告げられてから、稔は死ぬ準備を始めた。家と土地などの様々な財産の処理をしかるべきところへ任せ、手元に残っている絵も信頼している画商に管理をお願いした。

独り暮らしのため施設に入る選択肢もあったが、自分の家が好きだから、できる限り自宅で過ごすことにした。どこで余生を過ごしたところで行きつく先はひとつなのだ。だったら一番に心安らげる場所で残りの毎日を送ろうと決めた。

早めに済ますつもりだった家財道具の始末は、処分方法を考えている最中に英恵に止められた。自分が責任を持って片づけるから、旦那様は最後まで不自由ない変わらない日々を送ってくれと、泣きながら言われたら、うんと答えるしかなかった。

「ねえクロ、ちゃんと英恵さんにも撫でさせてあげないといけないよ。そうじゃなきゃ、きみを撫でてくれる人がいなくなっちゃうから」

唯一の心残りである愛猫は、英恵が引き取ってくれることになっている。英恵なら必ず愛情を持って育ててくれるから心配はない。それでも、クロと別れることを考えたときだけは胸が痛んだ。

——クロ、もしもきみと話せたら、きみに訊きたいことがある。

そう思っていても、本当にクロと話すことなどできやしない。稔は皺だらけの手でごろごろと鳴るクロの首筋を撫でながら、ただただ、過ぎゆく一日をゆっくりと生きていた。

そして、医者の告げた余命の半年が経とうとしていた。

◇

稔はいつものように朝からアトリエで絵を描いていた。

翠の薬草茶を飲むようになってから体調がよく、長時間絵を描いていても疲れにくくなった。おかげでこれまで以上に没頭してしまうことが多く、英恵に叱られる機会も増えてしまっていたが。

「クロ、そろそろ英恵さんが昼の支度を済ませて呼びにくる頃だ。今日は怒られる前に休憩にしようか」

絵筆を置き、椅子の下で寛《くつろ》いでいたクロへ声をかける。クロはのそりと起き上がり、椅子から這い出て背中をぐっと反らせた。

クロは元々活発な子だ。自由に飼っていたこともあり、広い敷地を歩き回り、ときには外に遊びに出て行くこともあった。だが、稔が体を悪くしてからは、それを察知しているのか稔のそばにいることが多くなった。あまりに大人しくしているので、まさかクロまで病気になったのではと心配したほどだ。かかりつけの動物病院に連れていくと健康そのものであることがわかり、つまり、クロは自分の意思で稔のそばに寄り添っているのだった。

「今日のお昼はなんだろうねえクロ」

油壺《あぶらつぼ》の蓋《ふた》を閉めていると、思ったとおり英恵が母屋から呼びにきた。それと入れ違いに、クロが先にてちてちと母屋のほうへ歩いていく。

「旦那様、お昼の用意ができましたよ。あ、クロちゃん、いただきますは一緒にしなきゃ駄目よ」

「ありがとう英恵さん。今行くよ」

差し出された英恵の手を断って、自分の力で立ち上がる。脱いだエプロンを適当に椅子にかけようとしたら、英恵に取られ、丁寧に畳んで置かれた。

さあ行こうかと歩き出そうとすると、英恵が「まあ」と声を上げる。

「この絵もそろそろ完成ですね」

英恵の目は、イーゼルに立てかけられたキャンバスへ向いていた。ここ数日、稔が描き続けてきたものだ。

「そうだね。あとは少し調整するだけかな」

「今回のも素晴らしいですねえ」

「モデルがいいからね」

横長のキャンバスには、お気に入りのクッションで昼寝をするクロの絵が描かれている。黒という色をどう鮮やかに表すか、そして日なたの中で眠るクロの愛らしさをどれだけ表現できるかにこだわった作品だ。

「そういえば、随分増えましたね」

アトリエをぐるりと見回す英恵に「確かにね」と頷いた。

アトリエ内には、今描いている絵の他にも数十枚の絵が置かれている。母屋のほうにも何枚かあったはずだ。そのほとんどがクロの絵だった。クロを飼い始めてからの八年、稔はクロの絵ばかりを描き続けてきた。

妻が亡くなってから、稔は画家としての第一線を退いた。誰かに見せる絵、誰かに売る絵を描くことをやめ、新しい家族となったクロの絵を自分のためだけに描き始めたのだ。

そうして描いた絵は、親しい人間に譲った一部のもの以外、多くを自分の手元に残している。稔が死んだあとは、学校や病院、図書館などの施設に寄贈してもらう予定だ。

「ねえ旦那様、わたし、ひとつ提案があるんですけど」

英恵がぽんと両手を合わせる。「なんだい」と訊ねた稔に、英恵は目を輝かせながら続けた。

「クロちゃんの絵を集めた、個展を開いたらどうでしょう」

「個展を？」

「ええ。だってこんなに素敵で可愛い絵がたくさんあるんだから、たくさんの人に見てもらいたいじゃないですか」

英恵がアトリエ中のキャンバスを手で指し示すのを、稔も目で追いかけた。趣味で描いていたと言えど、一枚たりとも手を抜いたものはないし、失敗作もない。大満足とまで言えるものもないのだが、それでも自信を持って発表できる出来栄えの作品ばかりだった。

「そうだねえ、やってみるのもいいかもね」

「わっ、本当ですか！　わたしお手伝いしますよ！」

「ふふ、頼もしいね」

最近は他人に絵を見せることなどほとんどなかった。このアトリエにある絵の大半は、稔に近しい人以外の誰にも見られることのなかった絵だ。

誰かのために描いた絵ではなかったから、生きている間に世に出すことなど考えていなかった。けれど、英恵の言葉を聞いて、誰かに見てもらうのもいいかもしれないと思った。

人生の最後にもう一度だけ画家として、自分の絵を――自分の宝物である家族の姿を人に見せたいと、稔はそう思ったのだった。


個展開催に向けての準備は早速行われた。

会場は雲雀町内にあるギャラリーを選んだ。普段はアマチュアのアーティストや趣味のサークルに貸し出したり、地元の子どもたちの作品を展示しているような規模の小さなギャラリーだ。著名な画家であった稔が利用しようとすることにギャラリー側は驚いていたが、同時にとても喜んでくれた。

偶然ひと月後に空きがあり、ギャラリーのオーナーが『その期間を自由に使っていい』と言ってくれたため、好意に甘えることにした。

開催期間は五日間。事務仕事はギャラリーの担当者と英恵とが請け負ってくれたから、稔は作品に関する作業のみに集中することができた。

稔の手元にある作品のすべてを会場内に展示することはできない。大小含め百近くはある作品の中から十数点を選び飾ることにし、他の作品はパンフレットを作って掲載することになった。

作品選びは難航した。一度発表すると決めてしまえば、どの絵も直接見てもらいたいと思う作品ばかりだった。

「本当に、きみの絵ばっかりだ」

アトリエで頭を悩ませながら、稔は自分にぴたりとくっついているクロを撫でる。ここにある絵はすべてクロの絵だ。子猫の頃から最近の姿まで、八年かけてたくさんの絵を描いてきた。まるでクロの成長記録のようだと稔は思う。

「小さい頃のも一枚は欲しいよねえ。この長く伸びているところもお気に入りなんだ。おすまし顔のもいるよね。あとはどうしようかな、一番新しいのも入れようか」

いろんな姿のクロを見てきた。クロが育ち、遊び、ごはんを食べ、いっぱい眠り、あたたかな呼吸を繰り返す姿をずっと見てきた。

もっともっと、これからだってたくさん見続けたいけれど。それは叶わないから、せめて自分がこの目に映してきたこれまでの姿を、たったひとりでもいいから見て、覚えていてほしい。

ふたりで一緒に過ごした、この日々を。

「……そうだ。もう一枚だけ、新しく絵を描こうか」

思い立ったらすぐ行動に移した。仕上げたばかりの絵をイーゼルから外し、新しいキャンバスを代わりに置いた。

個展のために描き下ろす一枚だ。描くのはもちろん、クロの姿。

絵の具を溶きながら、どんなクロを描こうかと考えた。残したい一瞬があまりにもあって、どうにもこうにも迷ってしまう。ひどく幸せな悩みだ。

「クロ、きみはどんな絵がいい？」

稔はクロに訊ねてみる。けれどモデルは自分の絵になど少しの興味もなさそうに、床に寝そべって尻尾をゆらゆらと振るばかりだった。

稔は微笑んで、薄く溶いた絵の具をキャンバスにのせる。

◇

「旦那様、個展のＤＭができましたよ」

アトリエに籠っていた稔のもとへ、英恵が嬉しそうに封筒を届けにやってきた。

個展開催まで、あと二週間を切っていた。

「おや、ありがとう。どれどれ……」

稔は封筒を受け取り、中に入っていた紙の束を取り出す。

「ああ、素敵だねえ」

「でしょう。見やすいですし、いい感じに仕上げてもらえてよかったです」

「本当だね」

載せられた情報はシンプルだ。稔の絵と名前、イベントの日取り、ギャラリーの地図と、そして『クロと僕』という個展のタイトル。

「ところで、枚数が少し多くない？　僕は三十枚ほどでいいと言ったはずだけど」

「ええ。でもギャラリーの方と相談して、三百ほど刷ってもらいました」

「えっ、そんなに？」

「これでも少ないですよ。だって旦那様の今までの個展ではもっとたくさん用意していませんでした？」

「それはそうだけど、今回は送る相手もいないし、ご近所さんが来てくれればってくらいに考えていたから」

「ならご近所さんに知ってもらわないといけませんね。商店街の知り合いの店に何ヶ所か置いてもらう約束をしてありますから、それだけで半分以上なくなりますよ。あ、その分は今日持って帰らせてもらいますね」

百枚ずつ纏めてあるのか、ＤＭの束はみっつあった。英恵は束をひとつだけ稔の手に残し、あとのふたつが入った封筒を受け取った。

「英恵さんは本当に行動力があるし、顔が広いねえ」

「それが取り柄ですからね。ああ、そういえば娘も興味を持っていて、友達も連れていくって言っていたんです。ついでに学校で配らせておこうかな」

「それはありがたいけれど、負担になるといけないからほどほどにね」

「何を言いますか、わたしの娘ですよ。千枚あったって五分で配りきります」

冗談なのか本気なのか判断がつかず、稔はとりあえず笑っておいた。英恵も豪快に笑う。その反応からは、やはり冗談か本気かわからない。

「あ、そうそう。ギャラリーの方がホームページにも情報を載せていると言っていました。すでに反響があるみたいで、旦那様のかねてからのファンも来られるだろうって」

「僕のファンか。まだそんな人がいるかな」

「あらあら、ご謙遜を。旦那様の個展なら、入場料をいくらか取ったって人が集まるとのことでしたよ」

「昔の話さ」

今回の個展は利益を得る目的もなければ今後の仕事に繋げる必要もない。そのため小さな規模で細々と行う程度で十分だと考えており、はじめから客の入りも重要視してはいなかった。

それでも、周囲の人たちは個展の成功に向け取り組んでくれている。懸命に努力する彼らの心には、誠意をもって応えなければいけないと思っている。

そのためにも、自分の仕事をしなければいけない。自分にできることは昔も今もただひとつ、絵を描くことだけだから。

稔は置いていた筆を再度手に取ろうとした。今描いているこの絵を満足いく形で完成させなければという思いを、より一層感じていた。しかし、

「うっ……」

突然体の芯に痛みが走った。押し潰されるような激しい痛みに稔は思わず身を屈《かが》める。

「旦那様!」

慌てた様子で英恵が背中に手を当てる。大丈夫だと答えたくても、胸が詰まって

すぐには言葉を発することができなかった。

　翠から貰った薬草茶のおかげでしばらくは体調のいい日が続いていたが、また悪化し始めているようだ。検査などしなくても、どんどん体が壊れていっているのがわかる。

　医者に宣告された余命は過ぎてしまっているのだから当然だろう。もう、稔はいつ死んでもおかしくはないのだ。

「旦那様、病院に行きましょう。すぐに車を呼びます」

　携帯電話を取り出そうとする英恵を、「いい」と稔は止める。

　胸を押さえて呼吸を整えた。痛みは引かない。もう時間はないと、体が訴えているのがわかる。

「それより……雲雀坂魔法店に連れていってくれないかな」

「何を言っているんですか、こんなときに！」

「こんなときだからこそだよ。もういつ行けるかわからないから」

「旦那様、魔女の薬は効果が高いと言っても、あくまで生薬です。決して重い病気を治すような奇跡はもたらしませんよ」

「わかっているよ。別にこの体を治してもらおうと思っているわけじゃない。第一、病院に行ったって同じじゃないか。治療するすべなんてないんだから」

お願いだと、稔は英恵に訴えた。英恵は、眉根を寄せながらじっと稔を見つめ黙り込む。そして絞り出すように、

「本当に、大丈夫ですね？　嘘じゃありませんね？」

と訊いた。稔は目を逸らさずにこくりと頷く。

「嘘じゃないよ」

「……わかりました。ただ、今日はバスではなくタクシーで行きましょう」

「うん、そうするよ」

英恵が支度をしに母屋へ戻っている間、稔はアトリエの椅子に座り休んでいた。痛みは続いているが我慢できる程度だ。まだ大丈夫。あと少しは。

「……クロ、心配かけてごめんね」

苦しんでいるのを理解しているのだろうか、クロはずっと稔の足にぴたりと寄り添い、稔の顔を見上げている。

稔は、震える指先をクロの頭へ伸ばした。耳と耳の間を撫でられるのは好きではなかったはずだが、大人しく撫でさせてくれている。

「本当にきみは優しいね。世界で一番優しい子だ」

幸せだなと、稔は思った。体は病に蝕まれ、激しい痛みに襲われ、愛猫を思いきり撫でてやることさえできないのに、自分は間違いなく誰よりも幸せ者だった。

この穏やかな幸福を、果たして、愛するものたちに返せているのだろうか。何度も繰り返し考え続けていることだけれど、それは決して自分では答えを出すことのできない問いだ。


タクシーの運転手が、坂の下から雲雀坂魔法店まで車椅子を押すのを手伝ってくれた。また英恵を汗だくにしてしまうのが心苦しかったから、彼の厚意がありがたかった。

運転手に礼を言い、ドアを開け店に入る。以前と同様、一歩踏み入れた瞬間から外気とは異なる空気が体を包んだ。まるでこの店の中だけ季節の外にあるかのようだ。すぐ横の楠で鳴いているはずの蟬の声すら聞こえない。

「やあ、いらっしゃい」

カウンターの中には翠がいた。ローブを纏い、美しく微笑んでいる。

「やあ翠、こんにちは」

「暑かったでしょう。どうぞ座って」

「ありがとう」

稔は椅子に腰かける。英恵も汗を拭きながら隣に座る。

「旦那様、お体は大丈夫ですか？」

「うん、平気。さっきよりも楽になっているよ。英恵さんは大丈夫？」

「ここが涼しいのでなんとか。外はもう、溶ける寸前でしたけど」

心底うんざりした顔で英恵が言うから、稔は声を上げて笑ってしまった。

カウンターに立つ翠に向き直る。翠は先日と同じように冷たいハーブティーを淹れてくれている。

「今日は何をお求めに？」

「あの、僕はこの間、あなたから薬草茶を買ったのですが」

「そうだね」

「あれと同じものを、今日も譲っていただけませんか？」

稔の頼みに翠は頷く。

「構わないよ。すぐに用意するね」

「ありがとう。えっと、確か種類を書いた紙を持ってきたんだけど……」

「大丈夫だよ。覚えているから」

「僕は常連でもないのに、僕が買ったものを覚えているんですか？」

「当たり前でしょう。自分で作ったものも、一度会った人のことも、どうして忘れられるというの？」

翠はそう言うと、用紙を受け取ることなく薬棚へ向かう。言葉どおりわずかも迷うことなく目当ての薬草を引き出しから集めていく。

稔は、右へ左へ上へ下へと行く翠の背中をぼんやり眺めていた。すると、どこからか鳴き声が聞こえ、視線を巡らす。姿が見えず、あれ、と思っていると、灰色の猫が向こう側からとんとカウンターに飛び乗った。

「やあニケ、こんにちは」

そっと手を出すと、ニケは撫でてもいいぞと言わんばかりに稔の目の前でお座りをする。稔はニケのなだらかな背中を撫でた。短く綺麗に整えられた毛並みを見るに、きっと翠に大切にされているのだろう。

「僕の家にも猫がいるんだ。真っ黒の毛で、クロっていう名前なんだけれど」

ニケがエメラルドグリーンの瞳を稔へ向ける。飴玉《あめだま》のような美しい瞳は、色は違っていても、クロのものとよく似ている。

「もしもきみとクロが、いつか出会うことがあったなら、どうか友達になってやってくれないかな。きっと気が合うような気がするんだ。いや、もしかしたらもう友達だったりしてね」

以前のクロは外に出かけることもあったし、猫は広いコミュニティを持っているから、どこかで会ったことくらいあるかもしれない。もちろん、そうだったら素敵だなと考えただけで、本当に彼らが顔見知りだなんて思っているわけではない。

ただ、友達になってほしいと言ったのは本心だった。もしも機会があれば、あの子とめいっぱい遊んでほしい。走り回るのが大好きな活発な子だから、公園を走り回って、ちょうちょを追いかけて、疲れたらひだまりで一緒に眠ってほしい。

「はい、用意ができたよ」

カウンターに戻ってきた翠が、袋に詰めた茶葉を差し出した。量は先日と変わらない。前回はこれで十回分ほどあったはずだ。稔にとっては十分な量だった。

「どうもありがとう」

「どういたしまして」

稔は英恵の持っていた鞄《かばん》から、自分の財布と一緒に、できたばかりのDMを一枚取り出した。

「あと、これをあなたに渡したくて」

「ありがとう。これは？」

翠がカウンターに置かれた紙を手に取る。

「今度、僕の絵の個展を開くんです。趣味で描いていたものばかりなのですが、せっかくだから皆に見てもらおうと思って」

「へえ。それはすごいね」

「よければ見に来てもらえませんか。もちろん無理にとは言いません。気が向いたらで構いませんので」

誘ってはみたものの、翠が見に来てくれるのを期待していたわけではない。気ままに生きる魔女は、きっと老いぼれた画家の個展になど興味はないだろう。声をかけるだけなら自由だと思い、言ってみただけだ。

だが。

「ああ、わかった。行くよ」

「本当ですか？」

翠は意外な答えを出した。社交辞令を言うような性質には思えないから、本当に行く気になってくれているようだ。

「やあ、嬉しい。ぜひお待ちしています」

「私も楽しみにしているよ」

すると、これまで大人しくしていたニケが、急にうにゃうにゃと鳴き出した。翠を見上げ、何か訴えているようだ。

翠は首を傾げながら頷いている。翠は、契約した生き物であるニケとなら会話ができると言っていたが……稔にはただの猫の鳴き声にしか聞こえないこの声が、翠には言葉となって聞き取れているのだろうか。

「ねえ稔」

と翠が首を傾げたまま稔へ目線を向けた。

「その個展とやらの会場に猫は入れる？」

「うぅん、どうだろう……英恵さん、どうかな？」

「すみません、猫の絵ばかりの個展なので猫ちゃんも入れてあげたいんですけど、さすがにギャラリー内には動物を連れ込めないと思います。それにアレルギーの方もいるかもしれないですし……」

「確かにね。それは仕方ないね。ニケ、諦めて」

どうやら、ニケも稔の個展に行きたいと言ってくれていたようだ。稔にとってはとても嬉しいことであり、ぜひともニケにも来てもらいたいが、魔女とその猫だからと言って特別扱いすることはできない。それは翠たちにとっても本意ではないはずだ。

「パンフレットができたら渡すから、それで我慢しておくれ」

稔が頭を撫でてやると、ニケは納得したのかしていないのか、ふにふにとぼやくように鳴いていた。

稔はニケの言葉がわからない。けれど、ニケは稔の言葉をはっきりと理解しているように見える。やはり、普通の猫とは違うのだろう。魔女も、その使い魔も、稔にとって不思議なことばかりの存在だ。

「ニケ、おまえがそんなにも触れるのを許すなんて、珍しいね」

翠がカウンターに頬杖《ほおづえ》を突く。

「稔が気に入ったのかい？」

ニケは、同じ高さにある翠の瞳に目を向けた。可愛らしく零す声は、翠の問いに答えているのだろうか。

「別にやきもちなど焼かないよ。それともおまえは私に嫉妬してほしかったの？」

笑う翠の顔に、ニケは何かを言いながら額を摺《す》り寄せた。翠も丸い友の頭に頬を寄せる。

微笑ましい光景だった。彼女たちの姿に、稔は自分の唯一の家族を思い出す。

「仲がいいんですね」

言葉を交わし合い、思いを交わし合うことのできるふたりを、羨ましく思った。言葉などなくても通じ合えはする。しかし、言葉という確かな形として伝えたいこともある。教えてほしいこともある。

「それはそうだよ。ずっと一緒にいるからね」

「ええ。とても深い絆《きずな》があるように見えます」

「ありがとう。あなたがそう言うなら、そうなのだろうね」

翠は体を起こし、ニケの首元を指で撫でた。

「でも、ニケは猫だからね。猫は気まぐれだから、そっぽを向かれることもよくあるよ。言うことを聞いてくれることなんてごく稀《まれ》さ」

「そうなんですか？　翠が相手でも？」

「もちろん。猫には魔法使いも人も関係ない。自分か、そうじゃないかさ」

「なるほど」

「稔の友達はどうだい？」

問われて目を瞬かせる稔に、翠は美しく微笑みながら続ける。

「気まぐれで自由奔放な猫が、それでも自分の自由よりも他者を優先することがあるとしたなら、それは相手のことを何よりも愛しているという証《あかし》だね」

同意するように、ニケがにゃあとひと鳴きした。

稔は、クロを思い浮かべる。

病に侵された自分のそばに、クロは常に寄り添っていてくれる。稔にはもう遊んでやれるほどの体力はないというのに、飽きもせず毎日一緒にいてくれる。

クロのぬくもりがあるだけで、どれだけ心強くあれていることだろう。どれだけ日々を穏やかに生きられていることだろう。

クロは稔との日々をどう感じているのだろうか。どうして、そばにいてくれるのだろうか。

「言葉は確かに大事だね。でも、そればかりが思いを伝える方法ではないよ」

まるで稔の心を覗いているかのように翠は言った。

稔は、頷くことができなかった。

◇

翠から買った薬草茶は、飲めば確かに体を楽にしてくれる。だがあくまで一時的なものであり、さらには少しずつ効き目も薄くなっていた。

日ごとに体調が悪化していく。まともな食事も睡眠もとれず、目は落ちくぼみ、肌はすでに生きた人間の色をしていない。体の奥底の激しい痛みは、毒にもなるほどの強い薬を飲んでも消えない。

自分に残された時間が限りなく少なくなっていることがわかっていた。確実に、死はすぐそこに近づいている。

そんな中でも稔は絵を描き続けていた。個展に向けて描き下ろしている、一枚の絵だ。

描くのはもちろんクロの姿。初めは正面からの絵を描こうと思っていたが、なんとなく思い直し、横顔を描くことにした。

少し先の折れた耳、黄金色の優しい目、凛々《りり》しい鼻筋と、たまに寝ぐせのつく長いひげ。真夜中のような美しい黒毛に、陽光が囲む丸みを帯びた輪郭。この目に映るクロの姿を、真っ白だったキャンバスにひと筆ずつ描き出していく。

体の調子は最悪と言えた。だがそれに反し、筆は恐ろしいほど乗っていた。椅子に座っていることすらままならないのに手は止まらない。呼吸ひとつにさえ疲れるのに決して絵を描くことを休もうとしない。

おかしな話だ。死にかけのこの体は、今、生きるための力のすべてを絵を描くことに注いでいる。

稔はこれまで、何十年と絵を描き続けてきた。大勢から称賛されるような作品も中にはあった。けれど、今描いているこの絵こそが、自分の生涯で一番の傑作になるだろう。稔はそう確信していた。

必ず描き上げなければいけない。これを描き終えるまでは、絶対に死ねない。

「……描けずに終わったら、きっと死んでも死にきれない」

震える指先に力を込め、握った筆でキャンバスに色を着けていく。

一心に絵を描き続ける稔の姿を、黒猫がじっと見つめている。

◇

個展の開催日まであと三日となっていた。

ほとんどの絵はすでに搬入の準備が整えられていたが、一点、描き下ろしの一枚だけは用意ができていなかった。まだ絵が仕上がっていないのである。

稔はここ数日、一心不乱に絵を描き続けていた。稔の様子を見た英恵に休んでくれと言われても、手を止めず、キャンバスの前を離れることはなかった。

どうせ眠ろうとしたって眠れないのだ、だから限界まで筆を持ち続け、夜中に気を失うように少しだけ眠り、また目を覚まして筆を執る。そんなふうに過ごしていた稔の体に、とうとう、本当の限界が訪れた。

絵は、もうほぼ完成していた。完成するはずだった。

頭の中に描いたままのものが目の前のキャンバスに写し出されている。クロの美しさ、愛らしさ、気高さと優しさ、そして確かな命が、立てかけられた平面の中に宿っている。

やはり、思っていたとおりにこの絵は稔の人生で最高の絵になった。これ以上のものはないと言える絵が描けた。はずだ。

それなのに……何かが足りない。

「どうして。何が」

これほど完璧なのに、どうしても、これで完成とは言えないのだ。

なぜだろう。何が足りないのだろう。わからない。わからないけれど、確実に何かが足りない。足りなければ、完成させることができない。

「……っ」

荒い音がアトリエに響いていた。それが自分の呼吸音だと稔は気づかなかった。

稔は筆を手に取る。足りないのなら描くしかない。なんでもいいから描こう。そう思い、絵の具を乱暴に掬《すく》った。

キャンバスへ向かった右手に、絵筆はなかった。からんと、床に何かが落ちる音がする。

同時に、これまでにない苦しさが体を襲った。気づけば椅子から落ちて、稔は床に臥《ふ》せっていた。

「うぅっ……」

内臓が押し潰されるようだ。息が苦しい。体が動かない。死ぬのか？　このまま本当に、死んでしまうのか？

痛みへの苦しみより、死への恐怖より、ただ絵を完成させたいという焦りのほうが大きかった。まだ死ねない。死にたくない。あの絵を、描き終えるまでは。

「クロ」

喘《あえ》ぐ声の隙間に、咄嗟に名前を呼んだ。

そのときになって、稔はようやく気づいた。

クロの姿が近くにないことに。

「クロ……？」

霞《かす》む視界を必死に巡らしクロを捜す。だが、アトリエのどこにも愛猫はいない。

いつも、ずっとそばにいたはずなのに。そばにいてくれたはずなのに。

クロが、どこにもいない。

「旦那様！」

倒れた音を聞きつけて英恵がやってきた。

——英恵さん、クロがいないんだ。

そう伝えることができないまま、稔は意識を失った。

妻が死んだのは突然だった。

風邪も滅多にひかない健康な人で、その日も、朝まで元気に笑っていた。アトリエで絵を描いていた稔に、スーパーへ買い物に行ってくると告げた妻は、出かけた先で心臓発作を起こし亡くなった。

連絡を受けた稔が病院に駆けつけたときには、すでに妻の息はなく、作り物のような亡骸《なきがら》だけが横たわっていた。

繋いだ手は、握り返してはくれず、温度を分け与えてもくれない。

夢であればと何度も瞼《まぶた》を閉じ、開いた。けれど現実は決して覚めてはくれなかった。

そのときこの身から、ほろりと何かが抜け落ちた。名付けようのない、ひどくあたたかだったそれは、きっと妻が共に空へ持っていってしまったのだと思う。

妻は、愛に溢れた人だった。彼女との人生はとても幸福なものだった。

彼女は稔に多くの愛を与えてくれた。けれど、果たしてそれを同じ分だけ返すことはできていたのだろうかと、稔は幾度となく自問した。

彼女は自分の人生をどう感じていたのだろうか。

迷うことはなかっただろうか。後悔はなかっただろうか。

ふたりで生きたあの日々は、彼女に何を与えただろう。

――あなたは、幸せでしたか？

そう訊いてみたかった。訊けないまま、妻は逝《い》ってしまった。

だから。

だから今度こそ、生きている間に訊きたかったのだ。

涙が出るほどの愛情と、幸福を与えてくれた大切な家族へ。

もう一度、この体をあたたかなもので埋めてくれた相手へ。

世界で一番に幸せであってほしいきみへ。

――僕と生きて、きみは幸せだった？

そう、訊いてみたかったのだ。


目を覚ますと、見知らぬ部屋にいた。

殺風景な天井だ。暗く、電気は点いていない。だが真っ暗ではなかった。ドアの硝子張りの部分から、廊下の灯りが入ってきているようだ。

稔はベッドに寝かされ、いくつかの管に繋がれていた。

ここが病院であることには気づいている。アトリエで倒れたあと運ばれてきたのだろう。あのまま死ぬものと思っていたのに、どうやら生き長らえたようだ。

「やあ、起きたかい、稔」

声のしたほうにゆっくりと目を向ける。

ベッドの脇に、美しい少女が座っていた。

「翠……」

掠れた声で呼ぶと、翠はまぼろしのように微笑む。

稔は、なぜここに翠がいるのかわからなかった。英恵が呼んだのだろうか。いや、誰かを呼ぶにしても他に親しくしている人はいる。顔見知り程度でしかない翠を寄越すとは思えないし、翠のほうこそ稔が倒れたからといってわざわざ駆けつけたりなどしないはずだ。

ならどうして、〈雲雀坂の魔女〉はここにいるのだろう。

「魔法の依頼が入ったからさ」

稔の心の声を聞いたかのように翠が答える。

翠が椅子から立ち上がると、ローブの上から下げているペンダントが見えた。鳥かご型のペンダントには常盤色の石が入っていたはずだ。

その石が、光を帯びていた。

何かを反射しているわけではない。石そのものが発光しているのだ。

そしてよく見れば、自分の体もぼんやりと同じ光に包まれている。

「ああ、心配しないでも大丈夫だよ。私の魔法によるものさ」

翠が稔の胸に手をかざす。そして稔にはわからない言葉を呟くと、体を覆っていた光が見えなくなった。消えてしまったというよりは、稔の体の内側へと沁《し》み込んでいったように感じる。

「あなたの体を病が侵し終えるのを、ほんの少しだけ止めている。何もしなければ今頃あなたは死んでいるはずだけれど、勝手ながら命の期限を延ばさせてもらった」

淡々と告げられた事実は、思いもよらないことだった。だが、納得はした。そうでなければ生きているはずがないからだ。魔法とは、本当に、どんな奇跡も起こせるらしい。

「……誰の、依頼ですか」

稔は望んだ覚えがない。ならば英恵だろうか。しかし英恵が今さらこんなことを頼むとも思えなかった。他に……他の人には、心当たりがない。

「クロさ」

翠が答える。

稔は今度こそ本気で驚き、濁《にご》った眼を見開いた。

「クロ、が」

「私に依頼をした。ほんの少しでいいから稔の寿命を延ばしてくれと」

「魔女は、動物とは、話せないはずでは」

「ああ、私はクロとは話せない。けれどニケとクロは話ができる」

そしてニケと翠も言葉を交わせる。ニケを介したクロからの頼みを、翠は聞き入れたのだ。

「あなたの友達は……いや、家族は、とても優しい子だね」

翠の目がふいに窓へと向く。稔も同じようにそちらへ目をやった。

開け放たれた窓の桟《さん》に、低い位置にある月を背にして、二匹の猫が座っていた。

一匹はエメラルドグリーンの瞳を、もう一匹は黄金色の瞳を持っている。

聞き慣れた声が、稔を呼ぶように鳴いた。言葉などわかりもしないのに、確かに稔を呼んだ気がした。

「クロはこう言ったよ。稔をもう少しだけ生かしてほしい。稔が、稔の描きたい絵を描ききるまで」

一匹の猫が窓から飛び降り稔のほうへと駆け寄った。ベッドにのぼったクロは、丸い額を稔の頬へと摺り寄せる。

「クロ……」

夜の色をした毛から、ひだまりの匂いがする。

小さな体が分け与えてくれる温度が、死にゆくこの身に命をくれる。

「クロ」

稔は、力の入らない腕を懸命に持ち上げクロを撫でた。目からは涙が溢れていた。

頬を寄せ合うひとりと一匹。彼らの姿を、〈雲雀坂の魔女〉は静かに見守っていた。

翌日、稔は家へと戻った。

稔が思いのほか元気になり帰宅を望んだことと、入院しても根本的な治療はできないことから、主治医が退院の判断を下したのだ。しかし、早朝に病院へやってきた英恵には、案の定大反対された。

「昨日の今日でどうして帰ろうなんて思うんです？　絶対に駄目です。ちゃんと病院で治療を受けてください」

「でも、病院でももうできることはないって。それに僕は家に帰って絵を描きたいんだ。お願いだよ」

「無理して絵を描いて倒れられたんでしょうが！　まだ無茶しようって言うんですか！」

「もうあんなに根詰めたりしないよ。自分の体調を見ながら描くから」

「……本当ですか？　約束しますか？」

「うん。約束する」

「少しでも体に異変があったらすぐにわたしを呼んでくださいよ。あと、絶対に無理はしないように」

そう約束ができなければベッドに縛り付けてでも入院させると言われ、稔は何度も頷いた。そして、心配をかけてごめんと謝ると、英恵は顔を真っ赤にして泣いたのだった。

家に帰った稔は、すぐにアトリエに向かった。アトリエではすでにクロが待っていて、稔を見上げながら「にゃあ」と鳴いた。

「ただいまクロ。待っていて、すぐに完成させるからね」

稔は定位置の椅子に座る。正面には、未完成のキャンバスがある。

描ききったはずなのに、何かが足りていなかった。足りていなかったものを、稔はもう知っていた。

「ねえクロ」

呼ぶと、クロはとんと飛んで稔の膝の上に乗った。稔は右手で筆を動かしながら左手でクロを撫でる。

「僕はね、〈雲雀坂の魔女〉が動物と話せたなら、きみの言葉を通訳してもらおうと思っていたんだ。きみに訊きたいことがあったから。僕と一緒に過ごしてきたきみが、幸せであるのかを、訊きたいと思っていたんだよ」

クロはのどを鳴らしている。稔はキャンバスの空白へ色をのせていく。

「でもね、必要なかった。言葉なんてなくてももうわかるんだ。僕もきみも幸せだった。お互いに出会えて、とても幸せだった」

かけがえのない日々をふたりで過ごした。

その時間こそが、知りたかった問いの答えだった。

「ねえ、そうでしょう、クロ」

猫は答えない。だが、稔に寄り添い続けた。

骨張った冷たい手にぬくもりを分けるように、最後まで、片時も離れることはなかった。

◇

雲雀町の商店街にある小さなギャラリーの一階で『クロと僕』という題名の個展が開催された。著名な画家による十数年振りの個展ということで話題となり、大々的な宣伝をしていないにもかかわらず、町内外から人の訪れる賑やかな催しとなっていた。

しかし五日間の開催の中で、画家本人は一度も会場に現れることはなかった。

開催最終日、個展の終了時刻は十七時。残りはあと十分となり、すでにギャラリー内に客はほとんど残っていない。

まだ外は明るいというのに、どこか夕暮れ時のような寂しさを漂わせる会場に、ひとりの少女がやってきた。美しい顔立ちに深緑のローブを纏った少女は、この町に住む〈雲雀坂の魔女〉――翠だ。

翠はゆっくりと絵を見て回った。飾られた絵は同じ黒猫が描かれたものばかりだった。のんきな寝顔や澄ました顔、少し不機嫌そうな顔に、油断しきった緩んだ顔。様々な猫の表情が鮮やかに切り取られた絵画には、画家からの猫への愛情と、猫から画家への信頼が映し出されているようだった。

順に見ていくと、会場の最奥に展示されている一枚の絵に辿り着いた。スタッフによれば、個展初日の早朝にようやく描き上げられたものなのだという。

その絵にもやはり黒猫が描かれている。だが他の絵とは異なるところがある。

黒猫の隣に、ひとりの老人の姿もあったのだ。老人を柔らかなまなざしで見上げる黒猫――クロと、愛猫に優しく微笑みかける老人――稔の横顔が描かれていたのだった。

翠は最後の絵を見終えると会場を出た。

ドアを開けたところに黒猫が座っているのに気づく。黒猫は、翠を見上げてひと鳴きしたあと、どこかへ歩いていってしまった。

翠はその背を見送ってから反対のほうへと歩き出す。

晩夏のぬるい風が吹く。〈雲雀坂の魔女〉は、自分の店へと帰っていく。

第三話　秋雨の道しるべ

ている。
晴子《はるこ》はルーズリーフを破り捨てた。ごみ箱はすでに丸めた用紙でいっぱいになっ

人名、地名、色、情景。頭に浮かんだものも、そうでないものも、とにかくなんでもいいからノートに書き込んだ。だがそこから何も広がらない。無意味な言葉ばかりが白紙を埋めてはただのごみになっていく。

晴子はこめかみを押さえた。どうにかしてアイディアを出さなければいけない。しかし、考えれば考えるほど何も浮かばず、時間だけが過ぎていく。ほんの小さなきっかけさえ絞り出せれば動き始めるかもしれないのに、そのほんの小さなものすら出てこない。物語が、頭の中に溢れない。

晴子が小説家としてデビューし八年が経とうとしていた。

これまで単行本を七冊と文庫本を十五冊出版している。話題となった作品はなく、決して順風満帆な作家生活とは言えないが、続けられているだけ運がいいほうであると思っている。

しかし、細々と続けてきた日々も、もう終わってしまうかもしれない。

前回本を出してから、間もなく一年。この一年間、晴子は小説家としての仕事を

ひとつもできていなかった。いや、しようとはしていたのだ。担当編集から次回作の話をもらっていたし、執筆に費やせる時間もたくさんあった。

だが、書きたいものが何ひとつ浮かばなかった。担当からテーマやキーワードを提示されても、そこからストーリーが膨らまない。ならば自由に書こうと思っても、やはりアイディアが出てこない。

これまでもスランプに陥ったことは何度かある。原稿に行き詰まって書けない日が続いたり、提出したネタがまったく通らなかったり。納得いく展開が思いつかず、プロットを組み立てるのに長い時間をかけたこともあった。

今回は、それらとはまるで違う。ゼロの状態から一歩も動き出すことができずにいるのだ。物語が、ひと欠片《かけら》すら降りてこない。原稿を書き始めるどころかプロットを作ることすらできないのだから、小説を書こうにも、書きようがなかった。

せめてネタのひとつでもあれば担当編集へ提示できるが、今はほんの三行のあらすじすら湧かない状態なのだ。連絡をすることもできず、また編集者は単なる仕事相手であり、それほど親しくもしていないから、自分の置かれた状況を相談することもできない。

そしてどの出版社の担当も、原稿を催促してくることはなかった。是が非でも晴子の作品を欲していれば向こうから連絡を寄越すはずだ。つまり、晴子の作品は、彼らに求められているものではなかったということだった。

小説を、書きたい。

書く意欲がないわけではないのだ。だからこそ毎日毎日ネタ用のノートに向かっては文字を書き、捨てているのだから。

小説を書きたい。けれど、書きたい小説がない。

晴子は困り果てていた。このままでいいはずがない。そう思いながらも抜け出す方法を見つけられず、晴子は、焦りばかりが募る日々を送っている。


「いらっしゃいませ」

平日の朝七時。晴子は、自宅からほど近い喫茶店でいつものようにアルバイトを開始していた。

ここ最近、ストレスでまともに眠れていないせいか、体がいやに重たい。目の下のクマは消えず、鏡を見ると十歳は老け込んだ顔の自分がいる。それでも荒れた肌を化粧で隠し、栄養ドリンクを飲んで、仕事をした。

やって来る客へ向け、笑顔を浮かべる。

「おはよう晴子ちゃん、いつものお願いね」

「わたしも同じやつ」

「はい、かしこまりました」

　この時間、訪れるのは顔見知りの常連客ばかりだ。案内せずとも勝手に定位置のテーブルに着き、メニューを見る間もなく注文する。

　晴子は注文票にハムトーストとホットコーヒーを二個ずつ記入し、厨房に回した。ほどなくして出てきた皿を、中年の女性客ふたりが座る席へ運ぶ。週に何度かやってくる彼女たちは、お喋りが好きで噂が好きだ。いつもあることないこと楽しそうに話しては午前をこの店で過ごしていく。晴子は、彼女たちの話す内容をいつもこっそり聞いては、小説のネタの参考にしていた。

「ねえ、〈雲雀坂の魔女〉って知ってる？」

　テーブルにハムトーストを置いていると、片方がもうひとりへそう切り出した。噂話を持ち込むのはいつも同じ女性だ。

「聞いたことはあるわ。あれでしょ、どっかでお店を構えているっていう」

「そうそう。でね、わたしの知り合いに聞いたんだけど、その子の職場の後輩が、その魔女の店に行ってきたらしくてね」

「うんうん」

「魔女に魔法をかけてもらったらしいのよ」

えっ、と聞いていた側が驚くのと同時に、晴子も心の中で同様の反応をした。ホットコーヒーを置こうとした手が一瞬止まる。女性たちはそれに気づかずに話を続ける。

「すごいじゃない。頼んでもなかなか魔法なんて使ってくれないんでしょ？」

「そうなんだけど、駄目元で頼んでみたら、受けてくれたんですって」

「へええ、羨ましいわあ。どんな魔法をかけてもらったのかしら」

「さあ、そこまでは。でも魔法ってなんでもできるんでしょう。ねえ、あんたならどうする？」

「うぅん……甘いものをどれだけ食べても太らない魔法かなあ」

「その前に血糖値と体脂肪率を下げてもらいなさいよ」

「間違いない。それか旦那をイケメンの大富豪と取り換えてもらいたいわ」

「間違いない」

ふたりが揃って笑った。晴子は伝票をテーブルに置き「ごゆっくりどうぞ」と告げ、その場を離れた。

〈雲雀坂の魔女〉。その名前は晴子も聞いたことがある。晴子の住むこの都心部から随分離れた田舎の町に、小さな店を構えている魔女がいるというのだ。魔女の店と言っても、魔法で商売をしているわけではないらしいが、魔法を求め訪ねる人間も少なくないという話だった。

有名だから噂程度には知ってはいる。が、自分にはまず縁のないものだと思っていた。どの魔女も魔法使いも、頼んだところで他人のために魔法を使うことはほとんどないと聞いていたからだ。

つい最近も、世界的な企業の創業者が病気を治そうと魔法使いに依頼したが、断られたというニュースを見たばかりだ。謝礼として一般人が一生かかっても稼げないような額を提示したにもかかわらず、魔法使いは決して首を縦に振らなかったという。

自由な彼らは自分の価値観でしか動かない。人間が彼らの持つ奇跡の力に触れることは、それこそ奇跡のようなことなのだ。

だから晴子には関係ない。今までは、そう思っていた。

「ごちそうさま」

三時間存分に喋り倒し、中年女性ふたり組は満足した様子で席を立った。晴子はレジに入り彼女たちの会計をする。お釣りを渡し、ポイントカードにスタンプを押し、いつものようにありがとうございましたとお礼を言う前に、「あの」と女性のひとりに声をかけた。

「……先ほど〈雲雀坂の魔女〉の話をしていらっしゃいましたけど」

女性はぱちりと瞬きをする。

「もしかして晴子ちゃんも興味があるの?」

「あ、いや、興味というか」

「ほら、晴子ちゃん作家さんだから、お仕事に役立つかもって思ったんじゃない?」

「ああ、確かにね」

勝手に納得してくれる女性たちに、晴子は曖昧に頷いた。彼女たちの言うことはあながち間違っているとも言えない。

「魔女に魔法をかけてもらったという話は本当なんですか?」

「あ、それは本当みたい。教えてくれた人ね、そういう嘘吐くタイプじゃないから。本当にその人の知り合いが魔法をかけてもらったんだって。すごいわよねえ」

「その、魔女がいるのって……」

「えっとね、確か雲雀町っていう町で、ここからだとちょっと遠いんだけど……その町にある雲雀坂魔法店っていう名前のお店だそうよ」

雲雀町の雲雀坂魔法店、と晴子は女性の言葉を頭の中で繰り返した。そこに、魔女がいる。

「教えてくださってありがとうございます」

「いいのよ。ねえ、魔女の本を書いたら知らせてね」

「わたしを小説に出してくれてもいいからね」

陽気に笑ってふたりは店を出て行った。

晴子は彼女たちを見送り、いつもの業務へと戻る。まだ提出していなかった翌月のシフト希望は、今日のうちに出すことに決めた。

◇

街路樹が赤や黄色に色づき始めている。

晴子は、初めて降り立った駅の改札から、ひと気のない小さなロータリーを眺めていた。

田舎と聞いていたから田んぼだらけ、もしくは山の中の景色を想像していたが、意外にも『雲雀町駅』の周囲には建物が建ち並んでいた。ロータリーの脇にアーチ看板が立っているのを見るに、どうやら商店街が続いているようだ。

駅前から見上げられる丘に沿った町並みも、家々がずらりと連なっている。それなりに大きい町ではあるらしい。

ただ、背の高いビルなどは見渡す限りひとつもなく、さらには人の姿も見当たらない。ここは町で唯一の駅であり、商店街のすぐそばであるはずなのだが。

「……」

晴子はやや心細くなりながら、電話で聞いていた約束の場所——駅前ロータリーの欅《けやき》の下で待機していた。もう季節は秋と言えるが、ブラウスの上に羽織ったカーディガンは少々暑く、晴子は袖をまくった。

雲雀町へは、一週間滞在する予定だ。

シフトを調整してアルバイトを休み、この町に三軒あった民宿のうちの一軒に予約を入れた。一週間も宿泊する人は滅多にいないそうだが、だからといって訝《いぶか》しがられることもなく、予定分の宿はスムーズに取ることができた。

荷物は着替えとノートパソコン、新品のノートを一冊と、筆記用具のみ。この町で過ごす一週間できっと自分は変わるはずだ。そう信じ、晴子は雲雀町へとやってきたのだった。

ロータリーで待ち始め十五分ほど経ったとき、晴子の前に一台の軽ワゴン車が停まった。車の側面には、晴子が泊まる民宿の名前が書かれている。

エンジンをかけたままの車から人が出てきた。五十代くらいだろうか、背が低くぽっちゃりとした体形の、人のよさそうな女性だった。

「ねえ、もしかしてご予約の？」

と名前を訊かれたので、晴子は頷いて答えた。女性は、民宿の女将《おかみ》だと自己紹介してくれた。

「もう来てるとは思ってなかったわ。わたし時間間違えちゃってたみたいね。ごめんなさいね、待たせちゃって」

「いえ、間違えていないです。わたしが一本早い電車で来てしまったから」

本来晴子が乗る予定だった電車の到着まではまだ三十分もある。女将は遅れるどころか随分早く迎えに来てくれていた。

「なんだ、それなら連絡を入れてくれればよかったのに」

「待つのは嫌いじゃないので」

「こんな何もないところででも？」

女将は笑いながら肩をすくめた。

後ろの席のドアを開けてくれたので、キャリーバッグを先に奥へ置いてから乗り込んだ。民宿は、町の中でもとくに上のほうの土地にあるそうだ。町を見下ろすことのできる立地であり、景色のよさが自慢なのだと女将が教えてくれた。

雲雀町を走る町営バスで、駅から民宿の近くまで行く路線はない。距離だけで言えばさほど遠くもないのだが、道のりのほとんどがのぼり坂のため、歩いて向かうのはかなり大変なのだという。

「雲雀町は坂だらけの町でねえ。子どもの頃から住んでるからそれなりに慣れてはいるけど、もうさすがにこの歳になると駄目ね。膝が悲鳴を上げてるわ」

おばさんには大変よ、と運転しながら女将は嘆《なげ》く。晴子は車に揺られながら、なるほど、と思っていた。確かに先ほどからずっと緩《ゆる》やかな坂道をのぼっている。キャリーバッグを持ってここを行くのはなかなかに骨が折れそうだ。きっと汗だくになり、カーディガンも途中で脱ぎ捨てていただろう。

「それにしても、あなたみたいな若い女性がひとりで一週間も。こう言っちゃなんだけど、この町、そんなに楽しめるものはないわよ。大丈夫？」

女将は恐る恐る問いかける。晴子のことを探ろうとしている様子はなく、ここでの時間の使い方を素直に心配しているようだ。

「観光というよりは、静かに過ごせる時間が欲しかっただけなので。それに、言うほど若くもないですし」

「あらそうなの？　まあ、これといって何もない町だけど、のんびりしたところだから、のんびりできると思うわ。ゆっくりしていってちょうだいね」

バックミラー越しに女将と目が合う。邪気のない笑みに、晴子は口元だけで笑い返した。


駅から車を走らせ十分足らずで目的地へと到着した。斜面に沿って広がる雲雀町の最も上の区画に位置しており、裏手はさらに高い山へと続いている。

晴子が泊まる民宿は、こぢんまりとした庭園もある、昔ながらの日本家屋だった。言われなければ一般の家だと思ってしまいそうだ。聞くと、やはり元々は女将の一家が普通に生活していた家らしい。両親が亡くなったのを機に改装し、民宿を始めたのだそうだ。

まずは一階で受付を済ませた。元々は二部屋だったらしい広い空間は、テーブルとソファが並ぶ共同スペースとなっていた。他の客に迷惑をかけない範囲でなら自由に使うことができ、ここで食事をとることもできると言われた。

「ああ、それ？　いい絵でしょう」

晴子が壁に飾ってあった絵画を見ていると、それに気づいた女将が、雲雀町に住む画家の絵なのだと教えてくれた。十年ほど前に購入したものらしい。芸術に疎い晴子は知らなかったが、著名な画家なのだという。

それから案内されたのは、二間の和室が続く二階の部屋だった。入口に近いほうの部屋に四角い座卓とテレビ、冷蔵庫があり、奥の部屋には金庫と畳まれた布団がある。トイレや洗面所、風呂は共同だが、今は宿泊客が少ないため混み合う心配はないとのことだった。

奥の部屋は二面に大きな窓がある。西側の窓は町のほうへと面していて、下方へ向かう町や線路、さらに向こうの土地や遠くの海までもが見渡せた。

「夕飯は十九時ね。部屋か下の広間か好きなほうでとれるけれど、どうする？」

ぼうっと景色を眺めていた晴子に、お茶を用意していた女将が問う。

「あ、はい。広間で大丈夫です」

「そう、了解。町でどこか行きたいところがあったら、案内するから言ってね」

「はい……じゃあ、あの、早速いいですか？」

晴子はカーディガンの裾を知らず握っていた。

一週間も滞在予定を立てたのには理由がある。それは、この町へ来た一番の目的を先延ばしにするためではない。

「雲雀坂魔法店へ行きたいのですが」

晴子は意を決して言ったつもりだったが、女将はとくに驚きもしなかった。

「あらそう。もしかして魔女のお薬を目当てに？　って、こういうこと詮索《せんさく》しちゃ失礼よね。魔女のお薬はよく効くからおすすめよ。あと、美味しいお茶も売ってるから」

「そう、なんですか」

「これは普通の緑茶だけど、うちにも魔女の店のお茶がいくつかあるから、夕飯にはそっちを出してあげるわね」

「あ、ありがとうございます……」

晴子が思っていた以上に、〈雲雀坂の魔女〉へ会うためこの町を訪れる人は多いようだ。魔法ばかりが目当てではなく、魔女の作る薬やお茶を目的に、遠方からも客が来るらしい。

「魔女の店に行くなら、ちょっとだけ待っててね。料理の下ごしらえだけ済ませちゃいたいの」

「いえ、あの、道だけ教えてもらえれば、ひとりで行きますから」

「あらそう？　でも歩きだと、ちょっと時間かかるわよ」

「平気です。散歩もしたいので」

そう、と女将は納得し、一度部屋を出て行ってからしばらくして戻ってきた。手渡された紙にはここから雲雀坂魔法店までの地図が書かれている。晴子はそれを頼りに、早速〈雲雀坂の魔女〉の元へ向かうことにした。


雲雀坂という、町名と同じ名前のついた坂の途中にその店はあるという。雲雀坂は民宿よりも低いところにあるが、坂の上部への道は入り組んでいて複雑なため、さらに下って下部から行く道筋が示されていた。

雲雀坂は、車の入れない細い石畳の坂だった。塀の内側から背の高い木が、時折屋根のように坂道を覆い影を落としている。見る限り人はいない。どこか、静謐《せいひつ》な空気が流れているように感じる。

晴子はローヒールのパンプスを踏み出し、坂をのぼり始めた。地図には右手側にあると書かれているため、道の右にある建物を注意して見ていく。

　すると、一軒の建物に目が留まった。

　ドアの両脇に窓のついた、三角屋根の木造の小屋だ。ドアへ続く階段の横にプランターがふたつあり、どちらにもリンドウが植えられている。

　吊《つ》り下げられた看板には、雲雀坂魔法店の名前があった。ここが目的の店で間違いないようだ。

　晴子は一度深呼吸をしてから、鉄製のドアハンドルを引いた。

　からん、と軽やかにカウベルが鳴る。

「やあ、いらっしゃい」

　植物が多く置かれた店内に、ひとりの少女がいた。人形かと思うほど美しい少女だった。深緑のローブに赤みがかった長い髪。そして外からの明かりしか光源のない店内にあっても、浮かび上がるように輝いた瞳。手を加えずこのままファンタジー小説の主人公にできそうな容姿だ。

　少女は、植物たちに水遣りをするために持っていたブリキのじょうろを置くと、

「私は翠」

と微笑んだ。

晴子は自分の名前を返すことなく「こんにちは」とささやかな声で答える。

「あなたは何をお求めに?」

「……あの、わたしは〈雲雀坂の魔女〉に会いに来たのですが」

「そう」

「〈雲雀坂の魔女〉はどちらにいらっしゃいますか?」

「この店には私しかいない。ここは私の店だから」

「それは、つまり」

翠は赤い瞳を晴子へ向けていた。晴子は肩にかけた鞄の紐《ひも》をきつく握り締める。

「あなたが〈雲雀坂の魔女〉ということ、ですか?」

晴子の問いに、翠は笑みを湛えたまま丸い目を細めた。

「そう呼ばれているのは確かだね」

「はあ……あなたが」

会えばわかるだろうと考えていたために、魔女の姿かたちまでは女将に聞いていなかった。

魔女はおしなべて美しい。翠の容姿であれば、魔女の特徴に十分すぎるほど当てはまる。だが、まさか十五ほどの少女の姿をしているとは思わなかった。

もちろん、魔女ならば不思議ではない。十五に見えるとはいえ、本当に十五とは限らない。実年齢は晴子よりもずっと上かもしれない。いや、雲雀坂魔法店の軌跡を辿れば確実に年上であるはずだ。

けれど晴子は、翠に対し理由のわからない違和感を覚えていた。どことなくしっくりこないのだ。本当にこの少女が〈雲雀坂の魔女〉であるのだろうか。

「えっと、翠、さん」

「翠でいいよ」

「翠……あの、わたしは」

疑ったところでどうしようもなかった。ここには確かに翠しかいないのだ。翠の言葉を信じるしか……この少女が〈雲雀坂の魔女〉であると、信じるしかない。

「わたしはあなたに、魔法をかけてもらいに来たんです」

晴子の告白に、翠は微塵《みじん》も驚くことなく「へえ」と呟いた。

「どんな魔法を?」

「面白い小説のアイディアが湧く魔法を」

「小説?」

「はい。わたしの頭の中に、無限に物語が湧くように、魔法をかけてください」

アルバイト先で〈雲雀坂の魔女〉の話を聞いたとき、思い浮かんだ。魔法はどんな奇跡でも起こしてしまえるという。ならば、魔法の力を借りれば、自分はもう一度小説を書けるようになるのではないかと。

文章を書くこと自体は苦痛ではない。頭の中にある物語を言葉として紡ぐことはできる。今の自分に欠けているのはアイディアだけだった。紡ぐべき物語がなければ何も書き出すことができない。だから、魔法で出してもらえばいいじゃないかと考えたのだ。

魔法で補うことさえできれば、晴子は小説を書き続けることができる。

つまりこれからも、小説家でいられる。

「お願いします。どうかわたしに希望をください」

晴子は腰を深く折り頭を下げた。

グレーの地味なロングスカートと、履き潰したパンプスの爪先が視界に映っていた。もう結婚適齢期を過ぎようとしている。いい歳と言われる年齢だ。それでもお洒落に関心はなく、最低限の身だしなみに気をつけているだけで、美容にも華やかなライフスタイルにも興味がなかった。恋愛からも随分遠ざかっている。ましてや結婚など自分には縁のない話だ。

それで十分だった。地味な生活だが、誰に蔑《さげす》まれるものでもない。晴子にとってはこの人生こそ最良だった。満たされていたのだ。小説さえ書き続けられれば、他に何も望むことはない。

「顔を上げて」

翠の言葉に、晴子はゆっくりと姿勢を戻す。

そこにいるのは小説の中の登場人物のように美しい少女だ。深緑のローブを纏い、赤みがかった長い髪を緩やかに躍らせている。

首からは鳥かご型のペンダントを下げていた。かごの中には石が入っているようだ。千歳緑という縁起のいい色名が合う色だった。なんの石だろうか。

「晴子」

翠は小さな足音を立て歩み寄ると、晴子のすぐ目の前で立ち止まった。名乗っていないのに名前を呼ばれたことに、晴子はとても驚いた。

「魔法であなたの望みを叶えることはできる」

そう告げ、ただし、と翠は続ける。

「それで素晴らしい小説を書けたとして、あなたは嬉しいの？」

思いがけない問いかけだった。

だが晴子は迷わなかった。

「嬉しいです」

間を空けずに答える。翠は「そう」と短く呟いて、しばらく黙り込んだ。

翠の両目が晴子を見つめていた。晴子は目を逸らすことなく、ぎこちない呼吸を繰り返しながら、翠の返答を待った。

そして、

「あなたの望み、断らせてもらう」

翠はそう言った。

晴子は目を丸くする。鞄の肩紐がずるりと肘まで落ちる。

「……どうして」

「どうしてもさ。私はあなたに魔法をかける気にならない」

「なんで、そんな、お願いします。お願い。なんでもしますから」

「あなたになんでもされなくても、私は自分でなんでもできるよ」

「なんでもできるなら、わたしに魔法をかけてください！」

「できることを、やるかどうかは、私の自由さ」

縋りつく晴子に翠は表情ひとつ変えることはない。涼やかな視線で見下ろすばかりで、どれだけ頼んでも首を縦に振ろうとしない。

「お願い……お願いします」

「何度言っても意味はないよ。私も何度でも言うだけさ」

あなたの望みは叶えない、と、翠ははっきり告げた。

「……そんな」

晴子は掠れた声を吐く。

この魔女に、情はないのだろうか。必死に頭を下げる姿を見て、心が揺れないのだろうか。

人形みたいに美しいこの魔女は、まるで心までも人形であるかのようだ。こんなにも必死にお願いしているのに。こんなにも魔法を必要としているのに。

もう、魔法に頼ることしか方法がないのに。

「……わ、わかった……そう、やっぱり、そうなんだ」

晴子は翠から体を離し、一歩二歩と後ずさる。背中にどんと棚が当たった。何かが倒れる音がしたが、気にしなかった。

目を見開いて翠を見据える。嚙み締めた頰の裏から、嫌な血の味がする。

「あなた、本当は〈雲雀坂の魔女〉じゃないんでしょう」

そうとしか思えなかった。

この少女は偽物だ。本物の〈雲雀坂の魔女〉は、ここにはいない。

「魔女のふりをしているだけ。美しい容姿さえ持っていれば、ふりをするのは簡単ですもんね。自分は魔女だと言い張ればいい。魔法を見せることさえしなければ、人と魔女の区別はできない」

「……」

「あなたは魔法を使わないいんじゃない。使えないいんだ。だからわたしの望みを叶えてくれないいんだ！　わたしは、魔女に、魔法をかけてもらいに来たのに！」

晴子は甲高《かんだか》く叫んだ。

向かい合う瞳は、自分と違い、やはりわずかも揺らがない。

「……本物の魔女はどこ？」

「あなたが求めているのは私さ」

「なら魔法をかけて。そうでなければあなたを魔女と認めない」

「どう思われようと構わない。私の答えは変わらない」

翠は晴子に背を向けカウンター内へと入っていった。扉や壁に隔たれているわけではない。同じ空間にいて、顔も見えている。目も合わせている。

それでも、一枚板のカウンターを挟んだだけで、翠が遠くへ離れていってしまったように感じた。完全に拒絶されたのだと気づいた。翠は、決して晴子の願いを受け入れることはない。

「さようなら晴子。あなたが真に求めるものは、この店では見つからない」

晴子は力んでいた肩の力を抜いた。もう、何も言えるはずもなかった。

爪先だけを見ながら民宿へ戻っていた。

だが地図を見ていないから帰り道がわからない。自分が今どこにいるのか、晴子はよくわかっていなかった。

ふらふらと歩いていると、太い白線が目に映りはっと足を止めた。横断歩道だ。顔を上げると信号は赤を示している。車も人も通らない交差点で信号が変わるのを待ちながら、晴子はなんとはなしに左を向いた。

十字路の角に書店があった。見慣れない店名だ。チェーン店ではなく個人書店なのだろう。

晴子はしばらくその場に立ち止まったまま、建物の汚れた外壁を眺めていた。目の前の信号が青に変わる。晴子は横断歩道を渡ることなく、誘われるように店の中へと入っていく。

「……」

小さな店だが棚が多く、品数は充実していた。客は晴子以外におらず、店員は晴子を気にすることなく棚の整理を続けている。

晴子は入口で軽く見渡してから、迷うことなく文芸書のコーナーへ向かった。平台には、人気作や話題作が表紙の見える形で陳列されている。ラインナップは自宅近くの書店とほぼ同じであり、とくに面白味のあるものではなかった。

ただ、目に留まるものもあった。平積みされた中によく知った作家の名前を見つけたのだ。晴子と同じ時期にデビューした作家だった。彼女の本は、何作も積まれ並べられている。

晴子は自分の本を探した。デビュー作が一冊だけ棚に差されていた。

他のコーナーを一切見ることなく晴子は店を出る。あの店に、二度と入るつもりはなかった。

入り組んだ路地を適当に進んだ。呼吸の荒さは慣れない坂道をのぼり続けていることだけが理由ではない。

全身を掻きむしり大声で叫びたかった。しかしその衝動を押しとどめ、両手を握り、唇を噛み、ひたすらに足を前に踏み出す。

「……」

嫉妬などしたところでなんの意味もないことはわかっている。結果を出せていない自分が悪いのだ。そもそも努力して作品を生み出し成功している彼女と、小説を書きもしていない自分とを比べることなどできない。今の自分には彼女を妬《ねた》む資格もない。

わかっていても、溢れる感情を止めることはできなかった。どうして彼女の本は売れて、自分の本は売れないのだろう。どうして彼女は作家として本を出し続け、自分は何も書けずにいるのだろう。誰にも求められないのはどうしてだ。彼女と自分の作品は何が違うと言うんだ。

何がいけない？　どうしたらいい？

わからない。何もわからない。

嫌になる。おかしくなりそうだ。いやもうとっくになっている。ずっとずっと正気じゃない。

小説を書けなくなったときから……小説を書くのが怖くなったときから、もう、今までの自分ではなくなってしまったのだ。

——ぽつり、と。

首筋に冷たいものが触れた。アスファルトにもひとつふたつと染みが浮かび、手の甲にも小さな雫《しずく》が落ちる。

晴子は立ち止まり、顔を上げる。

頭上をぶ厚い雲が覆っていた。見上げた空からとつとつと粒が降ってくる。

雨だ、と当たり前のことを思った。予報では天気が崩れるとは言っていなかったはずだ。傘は持っていない。急いで帰ろうにも考えなしに歩いてきてしまったせいで、民宿までの道がわからない。

晴子はその場に立ち尽くしたまま、ゆっくりと視線を移した。坂道に設置されたガードレールの向こうには遮《さえぎ》るものが何もない。裾野につくられた町を、遠くまで見渡すことができる。

雲雀町は、景色のいい町だ。自然の溢れる光景とはまた違う、人工的なものの生み出すあたたかみを感じることができる。

以前は、こんな景色を見ればすぐに物語が浮かんだ。この場所でどんな人が生き、どんな思いを抱き、どんな今を送っているのか、考えれば考えるだけ答えが湧き、無限に世界が広がった。

今は何も浮かばない。からっぽだ。晴子の頭の中には、ただのひとつだって息づいた世界が存在していなかった。

物語をつくることができない小説家なんているのだろうか。

いや、いるはずない。そう、どこにも、そんな作家はいない。

気づいていた。

「……わたしは、もう」

もうとっくに、小説家ではなくなってしまっていたのだ。

◇

小さな頃から本を読むことが好きだった。一緒に暮らしていた祖父の影響だろう。祖父は大の読書好きであり、且《か》つ根っからのコレクターで、書斎に崩れるほどの本の山をいくつも築いては毎度祖母に叱られていた。

祖父は、自分のコレクションをすべて晴子の好きなように読ませてくれたし、晴子が欲しいとねだった本は、どんなジャンルのものであろうとすぐに買って与えてくれた。

人見知りが激しく内気だった晴子は、自分のことがあまり好きではなかった。けれど、小説を読んでいるときだけは違った。物語に入り込むと、自分ではない別の人になれるからだ。知らない世界へ飛び込み、知らない考え方を見つけ、知らない人生を生きる。

こんなにも胸が躍る経験は、本を読むことでしか得られなかった。晴子は暇さえあれば小説を読み続け、そしていつからか、自分でも物語を書いてみたいと思うようになった。

初めて小説を書き上げたのは小学五年生のときだ。自分と同じ年齢の女の子が不思議な世界へと迷い込み、そこで出会った素敵な男の子と一緒に世界の秘密を探る旅をする話だった。

毎日寝る前に勉強机に向かい、大学ノートに鉛筆で綴《つづ》った。半年かけて出来上がった小説は、あまりに未熟で不恰好《ぶかっこう》だった。それでも、当時の自分にとっては世界一の傑作だった。

その小説は誰にも見せることはなかった。それどころか小説を書いていると人に言うこともなかった。もしも祖父がいれば彼にだけは見せていただろうが、そのときにはもう祖父は亡くなってしまっていたのだ。

晴子は自分のためだけに小説を書き続けた。

そして物語を紡いだノートが十冊になったとき、晴子は、高校二年生になっていた。

内向的でなかなか友達ができなかった晴子だが、二年生になり同じクラスになった女の子と仲良くなった。晴子は、これまで誰にも見せたことのなかった小説を、その子にだけ見せることに決めた。

自分の書いた小説は面白いと思っていた。しかし、だからと言って自信があったわけではない。他人に見せてどんな反応が返ってくるのか、内心とても恐ろしく、感想が欲しくて読ませたくせに、何も言わないでくれとさえ思っていた。

友達は、晴子の最新作を三日かけて読んだ。金曜日にノートを渡し、月曜日の朝、登校してすぐに友達は晴子へノートを返した。

その子は晴子に、絶対にこの作品を他の人にも見せるべきだと言った。それほどの作品だと。晴子は冗談はやめてくれと笑ったが、友達の表情は真剣だった。

帰宅してすぐに、晴子はノートに書いた小説を原稿用紙に書き直した。そしてできた原稿を、有名な雑誌の主催する小説賞に応募した。結果は、一次選考で落選だった。

望んだ成果は出せなかった。けれど、晴子の小説への向き合い方が変わったのはそのときからだ。こっそりと書き続けていた小説を、誰かに読んでほしいと思うようになった。もっと広めたい。認められたい。読んだ人の声を聞きたい。小説家になりたいと、晴子は思うようになっていた。

晴子は小説を書き続け、公募への挑戦をし続けた。高校を卒業し大学に入り、社会人になって、生活が様々に変化しても、小説を書くことだけはやめなかった。初めて応募した賞では一次も通らなかったが、やがて晴子の作品は二次三次と進むようになり、最終審査に残る機会も出てきた。

そして二十六歳になったとき。何度か挑戦してきたとある新人賞で大賞を受賞し、晴子はデビューを決めた。

デビュー作は『ヒミズの夢』という題名の、血縁関係のない歪《いびつ》な形の家族を描いた作品だった。単行本として発売された『ヒミズの夢』は、話題にこそならないまでもほどほどに売れ、発売直後には次の仕事も決まっていた。

専業になったのは二年が経った頃だ。会社を辞めることに不安がなかったわけではないが、それ以上に小説を書く時間を増やせることが嬉しかった。

仕事として書くことは、趣味で書くこととは違う。原稿を大幅に直されることもあるし、読者に酷評されることもある。辛いと感じることも多かった。それでもやはり楽しかった。

小説家は自分にとって天職だ。この先も一生小説家としての人生を歩んでいくのだろうと、晴子は信じて疑わなかった。


いつから変わり始めたと、はっきり答えることはできない。いつからか変わり始めたのだと言うしかない。

元々自由に書かせてもらっていたわけではなく、ある程度の縛りや指定はあったのだが、段々と、これまでにも増してプロットが通りにくくなってきていることに気がついた。晴子から提示したプロットは執筆の許可が下りず、代わりに担当編集から具体的な作品内容を指示されるようになったのだ。

その内容のほとんどが、晴子ではない作家の書いた人気作品と酷似していた。もちろん盗作しろと言われているわけではない。人気作と同じテーマ、似通ったキーワードを使い、人気作の読者が好む作品を書けと言われているのだ。

すでにある作品と似たものを作ってなんの意味があるのだろうか。晴子はそう思ったが、自主的に作ったネタは企画会議にすら通してもらえなくなっていた。本を出せるならと、言われたものを書くしかなかった。

どこかで見たようなテーマであっても、そこから自分らしさを滲《にじ》ませようと努力した。書くきっかけはどうあれ、自分で生み出した作品は自分のものであり、何より大切な宝物だった。

しかし作家の思いなど読者には関係ない。作品だけがすべてだ。晴子の書いた本は編集の思惑どおり人気作のファンに多く手に取られたが、その分比べられ、二番煎《せん》じのレッテルを貼られ、酷い評価を受けることもあった。

晴子は、読書家のブログに書かれた自分の本の批評を読んで、作家になって初めて泣いた。その涙も、けれど誰にも届かない。編集からの依頼は続き、晴子は求められるものを書くしかなかった。小説を書くのが苦痛になっていた。依頼が来るのは自分が求められているからなのだと、必死に自身へ言い聞かせた。

小説を書く意味を、少しずつ見失っていた。この作品を自分が書くことに意味はあるのだろうか。他の人でも書けるのではないだろうか。そもそもが他の人が書いたものを真似《まね》しているに過ぎないのだ。そんなもの、自分じゃなくても誰にでも書ける。

求められているのは晴子の小説ではないのだと、とうとうはっきり気づいてしまった。皆が欲しいのは売れる作品だ。作者の名前など、ただの飾りでしかない。

晴子が小説を書けなくなったのはそれからだ。何を書いたところで誰にも必要とされない。価値のない小説を生む自分にも価値はない。いつも頭の中にあった物語が、崩れ落ちて消えていく。空白になった場所に新しい物語は生まれない。

それでも、晴子は小説家でありたかった。晴子にはそれしかなかったからだ。どうにかしようと必死になり、どうすることもできなくても、自分が小説家でなくなってしまったのだと、認めることができなかった。

◇

雨足は強まり、止《や》む気配はない。晴子は全身濡れそぼちながら、どうにか民宿へ辿り着いた。

駐車場に入ろうとしたとき、ちょうど玄関から女将が傘を持って出てきた。女将は晴子を見て驚き、慌てた様子で駆け寄ってくる。

「びしょ濡れじゃない！　もう、どこかで雨宿りしたらよかったのに」

「……すみません」

「こっちこそごめんね。雨が降ってるのにさっき気がついたのよ。今迎えに行こうとしたところだったの」

女将は晴子を玄関まで連れていくと、たたきで待つように言い、奥からタオルを何枚も抱えて戻ってきた。自分でできますと言う晴子の声を聞かず、女将は子どもにするように晴子の頭をわしわしと拭《ふ》いていく。

「こりゃ駄目ね。風邪ひくといけないからこのままお風呂に入りなさい。大浴場のお湯はもう張ってあるから」

「はい……ありがとうございます」

「まったくもう、こういう無茶する子には見えなかったのに」

頭にかけられたタオルの隙間から覗くと、女将は眉を八の字にして笑っていた。晴子は笑い返せないまま目を伏せる。薄手のカーディガンの袖口から、雨だった雫がぽつりと落ちた。

風呂から上がる頃には雨は止んでいた。さっきは止みそうになどなかったのに、秋の空は随分気まぐれだと、まだ居座っている雲を見上げながら晴子は思っていた。部屋の窓際に座り、外を眺めながらぼうっとしていた。何も考えないようにしていると、そのうち日が暮れ、女将が晴子を夕飯へ呼びに来た。

「支度ができましたよ。下へどうぞ」

「あ、はい……今行きます」

返事をし、立ち上がろうとした。けれど足に力が入らずうまく立てなかった。体調が悪いわけではない。ただ、何かをする気力が起きなかったのだ。

「ちょっと、大丈夫？」

「ええ、はい、大丈夫です……」

そう言いはしても畳に突いた膝を上げることができない。体の芯の部分がすっかり抜け落ちてしまったようだ。肉や骨なんかよりも、生きていくためにずっと必要だったものを、晴子は失ってしまったのだ。

翠のことを人形のようだと思ったが、今の自分のほうがよっぽど人形同然だと思えた。からっぽのまま心が動かない。なんの役にも立たない抜け殻だ。

「……ねえ」

入口にいた女将が部屋に入ってきた。女将は、ぼうっと座りこける晴子の隣に腰を下ろし、そっと背中に手を寄せる。

「魔女の店で何かあったの？　それとも、何かあったからこの町へ来たの？」

自分を覗き込む女将の顔を、晴子は見ていた。女将は、まるでどこかが痛んでいるかのような表情をしている。

「詮索するつもりはないの。言いたくないことは言わなくてもいいわ。でも、もしも誰かに話したいことがあるのなら、よければわたしに聞かせて」

「……」

「話したところで現実は変わらないけれどね、話すことでいらないところに入っちゃってる力がすこっと取れたりするものだから」

ね、と女将は晴子の背中をさする。

「……わたし」

吐き出す息が少しずつ熱くなっていた。目頭が鈍く痛み、右目、左目と順に涙が零れる。

「魔法を、かけてもらいたかったんです」

晴子は女将に、この町に来た理由を話した。

小説家であること。小説を書けなくなったこと。小説家を続けるために魔法をかけてもらおうと考えこの町へ来たこと。けれど〈雲雀坂の魔女〉に断られたこと。ショックで自棄《やけ》になり魔女へ暴言を吐いたことも、立ち寄った書店でひどく醜い考えを起こしてしまったことも、自分はもう小説家ではないと、気づいていたことも。

「わかっていたんです。本当は、魔法に頼ろうなんて思った時点で、わたしは小説家ではなくなってしまっていたんだって。そんなことをして小説を書いたって、結局今までと何も変わらない」

――それで素晴らしい小説を書けたとして、あなたは嬉しいの？

翠のあの問いは晴子を試していたに違いない。

晴子は、嬉しいと即答してしまった。きっと翠は見抜いていたのだ。そんな答えを出す人間が作家であるべきではないと。魔法を使ったところで、そんな人間の書く物語が人の心を揺さぶれるはずもない。

知っていた。それでも、小説家でいたかった。ただそれだけが、晴子の望みだったから。

「そう、そうだったの」

手の甲に涙を落とし続ける晴子の背を、女将は何度も撫でていた。

夕飯は冷め始めている頃だろう。いつまでも下りてこない晴子たちをそろそろ誰かが呼びに来るかもしれない。

「この町へはね、〈雲雀坂の魔女〉の魔法を頼りに来る人が、あなたの他にもたくさんいる」

ひとりごとのような声音で女将が言う。

「その中で、本当に魔法をかけてもらえる人はほとんどいない。魔女は決して善人ではないから、誰も彼もの願いを聞いたりはしないの。彼女は自分の心にしか従わないのよ」

「……」

「断られた人たちの中には、落ち込んだり怒ったりして町を去る人もいれば、どこか清々《すがすが》しく帰っていく人もいる。魔女の判断をどう受け止めるかは、その人次第なんだってわたしは思ってる」

「その人、次第？」

「ねえ、あなたはどう？　この町を離れるときのあなたは、一体どんな顔をしているんだろうね」

晴子は顔を上げた。

女将の言うとおりだ。結果はひとつだったとしても、捉え方はひとつではない。

ただ、晴子には翠の答えを前向きに受け止めることはできなかった。

泣き腫らし、情けなく無様な顔をした今の自分が、この町を去るときの自分でもあるのだろう。残りの日々で、おそらく、変わることはできそうにない。

◇

晴子が一週間分の宿をとったのは、この町で執筆をするためだった。

〈雲雀坂の魔女〉に魔法をかけてもらえると信じていた晴子は、溢れるアイディアをすぐに形にするつもりだったのだ。宿に引きこもって小説を書き、それを引っ提げて担当編集のもとへ行く計画を立てていた。

だが、魔法をかけてもらえなかった今、残りの六日間をこの町で過ごす意味はなくなってしまった。だからと言って、家に帰ってもやることがない。どうせ何もできないし、アルバイトも休みをもらってしまっている。

本当は帰るべきなのだろうが、帰る気も起きず、晴子は翌日も雲雀町に留《とど》まった。

午前中は民宿の部屋でぼうっとしていたが、午後は女将に追い出される形で外に散歩へ出かけた。

「外の空気吸ったら、気晴らしになるから」

女将にそう言われたら、言われたとおりにするしかなかった。迷惑をかけ、気を使わせているのがわかっていた。申し訳なく思うが、その心遣いに対する礼をどう返せばいいのかわからなかった。

晴子は適当に町を歩いた。雲雀町は細く入り組んだ道が多い。民家に囲まれ右も左もわからなくなるところもあれば、急に開けて周囲を見渡せるようになる場所もある。

やがて、晴子は坂道の脇にある小さな空き地へと辿り着いた。適当な柵だけが組まれたその場所からは、眼下の町並みを眺めることができた。

しばらく、何を考えるでもなくその場に立ち尽くしていた。空を、いわし雲が覆っていた。

「晴子」

と声をかけられ、晴子はやはり何も考えないまま振り返る。

すぐそばに、紙袋を抱えた少女が立っていた。〈雲雀坂の魔女〉――翠だ。

「やあ、こんにちは」

晴子は咄嗟に挨拶を返すことができなかった。

狼狽《うろた》える晴子に、しかし構うことなく、翠は美しい笑みを浮かべたまま晴子の隣に並び立つ。

「浮かない顔をしているね」

「そ、そんな、ことは」

「それが私のせいなのだとしたら、悪いことをしたね」

「いや……あ、えっと、こちらこそ、昨日は大変失礼なことを言って、すみませんでした」

「気にしないで。気にしていないから」

翠の顔を見ていられず、晴子は視線を下げた。

数秒沈黙が流れる。翠はなぜか立ち去る様子がなく、かといって何かをするでもなく。晴子はひどい居心地の悪さを感じていた。

「お、お買い物、ですか？」

沈黙に耐えられず問いかけた。「ああ」と短い返事が来る。

「向こうにとても美味しいパンの店があるんだ。よければ晴子も行くといいよ」

「魔女もお買い物、するんですね。魔法でなんでもやってしまったりするものだと思ってました……」

「魔法じゃなくてもできることは、魔法ではしないよ」

へえ、と晴子が呟くと、また会話が途切れた。

付近には晴子たちの他に人影はなく、異様に静かだった。翠はやはり、去ろうとしない。

「……」

出会ってしまったのは偶然としても、翠がこの場に居続ける理由がわからなかった。昨日出した答えを考え直した、なんてことは万が一にもないだろう。一緒にいても気まずいだけだから、早くどこかへ行ってもらいたい。

そんなことを考えていると、翠が「ねえ」と晴子を呼んだ。

「私があなたの依頼を断ったことを、怒っている?」

思いも寄らないことを問われ、晴子は顔を上げる。

「おこ? いや、怒っては……」

「なら、悲しんでいる?」

晴子は口を噤《つぐ》んだ。それが問いへの答えになっていた。

いや、本当は悲しんでいるというのも少し違うのだが。怒りよりは、悲しみのほうがずっと近いのは確かだ。

「あの、わたし」

「晴子、あなたに聞いてほしい話がある」

翠はそう言うと、晴子からふいと視線を逸らした。晴子は、大きな目で遠くを見つめる、やはり心底から美しいと思える横顔を見つめた。

「実は前に、あなたがしたのと同じ依頼をされたことがあるんだよ。その人は彫刻家だった。自分にしか生み出せないものを生み出すというところでは、小説家である晴子と同じだね」

「……」

「その人もね、自分の作品を創れなくなってしまったと言っていたのさ。何も湧かないのだと。技術は少しも衰えていないのに、アイディアがどんどん枯渇して、すっかりなくなってしまったのだと。だから私を頼りに来た」

晴子は驚いた。自分と同じ考えを持った人間が他にいたことにも、その話を、翠が晴子にしてくれることにも。

「私はこれまでそんなことを頼まれたことがなかった。面白そうだと思ったんだ。

のだ。


だから、彼の依頼を受けた」

晴子は息を止める。そうか、と、頭の中で冷静に呟いていた。同じ願いを持っていたいつかの誰かは、魔女に願いを叶えてもらうことができたのだ。

「その人は大層喜んで帰っていったよ。私に何度も何度も感謝してね。それから一年後くらいだったかな、その人がもう一度私の店に来たのは。魔法を頼みに来たわけでも、他の商品を買いに来たわけでもなかった。報告に来たのさ。彫刻家をやめると」

「えっ」

晴子は声を上げた。

「やめたって、それは、どうして」

「どうしてだと思う? きっと私よりも、晴子のほうがよくわかるんじゃないかな」

翠は晴子へ向き直る。少女の身長は晴子とほとんど変わらない。同じ高さにあるふたつの瞳が、晴子の心の奥底を探るように向けられている。

翠は微笑んだ。その表情を、人形のようだとは思えなかった。

「私の魔法のおかげで、素晴らしい作品をたくさん生み出せた。けれど、自分で創ったはずの作品のどれもが自分の作品ではなかったのだと、その人は言っていた」

そしてそれきり二度と店には来なかった。そう翠は続けた。

晴子は、薄く開いた唇から、何も言葉を発せずにいた。翠が晴子の叫びを決して受け入れなかった理由を知った。

もしも翠が晴子の頼みを聞いていたとして、晴子の未来はその彫刻家と同じものになっていただろう。彫刻家も晴子も同じ。〈雲雀坂の魔女〉を求めたときにはすでに、ありたい自分ではなくなっていたのだ。

「晴子。私の魔法で小説を書けるようになったとして、はたしてそれは、あなたの小説と言えるのかな」

晴子は声を出さないまま、けれど首を横に振った。

翠は頷く。

「あなたがもしも、まだ小説家でありたいと望むのなら。あなたに今必要なのは、魔法ではない」

ならば何が必要であるのか、翠は教えてくれなかった。

自分で見つけなければ意味がないものなのだろう。それは、晴子に唯一残された、細い細い蜘蛛《くも》の糸でもあるのだ。

日が暮れる頃に民宿へと戻った。歩き疲れて空腹だったが、夕飯まではまだ時間がある。下のコンビニで何か買ってきたらよかったと思いながら、晴子は自室のある二階への階段を上がろうとしていた。

「あ、ちょっと！」

大きな声が聞こえ、三段目で足を止める。手すりの上から顔を覗かせると、一階の厨房のほうから女将が慌てた様子で手を振っていた。晴子を呼んでいるようだ。

「なんでしょう」

「あのね、えっと、ちょっと待ってて！」

女将は晴子にその場にいるよう指示し、奥の部屋へと向かっていった。晴子は首を傾げながら、とりあえず言われたとおりその場で待機していた。

間もなく女将が戻ってくる。手には一冊の本を持っていた。

「ねえ、これあなたの本でしょう。今朝買いに行ってきたの」

女将が晴子へ見せた本は、確かに晴子の書いた小説だった。昨日立ち寄った書店に唯一置いてあった晴子の本――晴子のデビュー作『ヒミズの夢』だ。

「小説家さんだって教えてもらってから、どんな本を書いてるのか気になって。本屋さんに行ってみたらね、本当にあなたの名前の本が置いてあったのよ。わたしもう感動しちゃって、すぐに買っちゃったわ！」

　女将が晴子の背中を叩く。晴子は「はあ」と味気ない返事しかできなかったが、女将は気にしていないようだった。

「読み終わってから言おうと思って、お昼には内緒にしてたの。ごめんね。それでね、午後になって時間ができたから、ちょっとだけ読んでみようって読み始めたの」

「え」

「そしたら読みふけっちゃって、結局もう全部読んじゃった」

「……そう、なんですか」

　ありがとうございます、と口にしながら、晴子は内心動揺していた。読んでくれたことへの感謝は嘘ではないが、どんな感想を抱かれたのだろうと考えると怖くなった。

　つまらないと思われていたらどうしよう。それどころか作品を否定されたら。かと言って明らかなお世辞《せじ》を言われても堪《たま》らない。今は何を言われても心に重くのしかかり、聞き流すことができそうにない。

話を続けられる前に立ち去りたかった。けれど女将は階段を上がろうとする晴子を引き留める。

「ねえ」

と開かれた唇から続く言葉を、晴子は聞くしかなかった。

「とってもよかった。あなたの小説」

女将はそして、晴子の書いた小説の内容を晴子に事細かに教え、心を揺さぶられたシーンを語り、気に入った登場人物やセリフについてを話し、題名の意味への考察を述べた。

呆気《あっけ》にとられ、はあ、と無味な相槌を打つ晴子に構わず、女将は目の前にいる作者に向けこの物語の素晴らしさを説き続ける。

「のめり込んで、最後は思わず泣いちゃった。もう嫌ねえ、歳取ると涙もろくなっちゃって」

「いや、そう、ですか」

「そうよ。ねえ、あなたすごいのね。本当に驚いちゃった。正直に言うとね、こんな物語を書く人には思えなかったのよ。なんていうか、あなたってどこか頼りないし、不安定というか、誰かが支えなきゃまともに立てもしなさそうで」

「えっと……」

「なのに、あなたの書いたものは容赦《ようしゃ》なく胸に突き刺さるんだもの。というか、鈍器でがんがん殴ってくる感じ。もちろんいい意味でよ。作家と作品は別物だとは思うけど、それでもこの物語は、あなたの中にあったものに間違いはないんでしょう。わたし、あなたのことを完全に見誤ってたわ。不覚ね」

女将は『ヒミズの夢』を両手に持ち、目尻にたくさんの皺を寄せて笑う。

「わたしこの本、大好きよ。あなた、こんなに素敵な小説を書ける人なのね」

そんなことはないと、晴子は言おうとした。

デビュー作であり拙《つたな》いところだらけで、テーマも目立つものではない。心理描写はもっと深める余地があっただろうし、そうできなかったのは自分の未熟さゆえだ。これくらいのもの、書こうと思えば誰にでも書ける。本になったのはたまたま運がよかっただけだ。

そう答えるつもりだった。でも。

「そう、なんです。とても楽しく書いた、自信作なんです」

口からはそう零れていた。

自分で自分に驚いた。何を言っているのだろうか。今、何を言ってしまったのだろうか。

決まっている。ずっと誰かに言いたかった、抱え続けていた本心だ。

「誰に見せても恥ずかしくないと思って書き上げました。そして、認められて、本になった、大切な作品です」

小説を書くのは楽ではない。物語を組み立てるだけで多くの時間を費やすし、精神力も体力も使う。原稿はスムーズには進まず、手が止まることだらけ。途中何度も本当に面白いのだろうかと自問し、そのたびに自信をなくしていく。

それでも小説を書くのは、小説を書くことが好きだからだ。どれほど辛くても楽しかったからだ。

そして自分の書いた小説を読んだ人が、喜んでくれるのが嬉しかったから。この本を何度も読み返していると言ってもらえたから。あなたの作品をまた読みたいと言ってもらえたから。

だから。

身を削って書き上げた物語が、どこかの知らない誰かの宝物になることを願って。

一生懸命に書いていたのだ。

「わたしの、大事な、本なんです」

売れなければ駄目なのか。売れた作品だけがいいものなのか。売れなければ意味はないのか。そのとおりだ。売れたものにこそ価値があるのだから。

何を言われても動じてはいけないのか。傷ついてはいけないのか。読者にどんな言葉を吐かれようとも受け入れなければいけないのか。当たり前だ。それが作った者の責任であるからだ。

でも、そうだとしても、割り切ることなどできやしない。

売れなければ見向きもされずに消えていった。売れないからと、形にすらなる前に否定された。ならばと売れるものを書いても模倣《もほう》だ、偽物だと言われた。そう言われた作品のすべてが、晴子にとっては唯一無二の大切なものだった。

自分の心を分け与えた物語を無価値と言われることは、鋭いナイフで身を刺されるのと同じだ。体中傷つき、血だらけになれば、いつかは歩けなくなるに決まっている。

こんな思いをするために、物語を書いてきたわけじゃない。

ではなんのために物語を書くのか。物語を書く意味はなんだったのか。誰にも見せることなく自分のためだけに物語を書き続けていた日々を終わらせ、どうして誰かに読んでもらおうとしたのか。

もちろん売れたいという思いはある。その根底には、多くの人に読んでもらいたいという思いがある。たくさんの人に自分の作品を読んでもらい、そして、愛してほしかった。

そう、いつだって。自分の中に生まれた小さな世界が愛されることを信じた。自分の命と比べられるほど愛《いと》おしいものたちが。どこかの誰かに。知らない誰かに。出会ってくれた、その人に。

愛されてほしくて、物語を書くのだ。

「あの……ありがとうございます」

何に対しての礼だったのか、晴子は自分でもよくわからなかった。

わからないまま女将に深く頭を下げ、晴子は自分の部屋へと駆けた。鞄に入れっぱなしだった新品のノートを引っ張り出し、長年使っている万年筆を手に取る。

ノートパソコンを買ったのは社会人になってからだ。実家にはパソコンもワープロもなかったから、子どもの頃は手書きで文章を書いていた。

あの頃のように、晴子は真っ新《さら》な大学ノートにペンを走らせた。何も思いついていない。先の展開など考えていない。それでも、物語を、綴った。

夜更けまで書き続け、翌日はノートを持って町に出た。評判のパン屋へ行き、クロワッサンとカレーパンを買って、公園のベンチで食べながら、ノートを開いた。遠くの電車の音を聞き、学校から聞こえるチャイムを聞き、犬と散歩をするおじいさんを見て、母親とブランコで遊ぶ小さな子どもを見た。雲雀町の景色と、この町で生きる人々の姿を眺めながら、晴子はノートの空白を埋めていく。

「何してるの？」

いつの間にか目の前にいた子どもに問われ、晴子は文字を綴る手を止めた。

「物語を書いてるんだよ。あなたは、お母さんに絵本を読んでもらうことがある？」

「うん、ある。昨日も寝る前に読んでもらった」

「そう。わたしは、そういう、誰かに読んでもらうための本を作ってるの」

晴子の言葉に子どもは目を輝かせた。晴子はノートを見せ、文字を指でなぞりながら少しだけ読んであげる。幼児向けではないから難しいだろうが、子どもは真剣に晴子の語りを聞いている。

「すみません。もう、邪魔しちゃ駄目でしょう」

慌てた母親に連れていかれても、子どもはまだ続きを知りたそうにしていた。晴子は手を振りながら、子どもに声をかける。

「もう少し大きくなったら、またわたしの物語を読んでね」

いつか、あの子が書店で自分の本と出会ってくれればと思いながら。晴子はペンを持ち直し、物語を書き続ける。

四日目には、雲雀町へ来た日に行った書店を訪ねた。あのときには二度と行かないとまで思っていたが、案外躊躇うこともなく自動ドアをくぐれた。

以前見た文芸書のコーナーには、やはり同期の本がたくさん置いてあった。晴子の本は一冊もない。

「あの」

悩んだ末、晴子は店員を呼び止めた。店にいたのは中年の男性で、名札には店長と書かれていた。

晴子は店長に名刺を渡し、小説家であることを伝えた。急に訪ねて鬱陶しがられる可能性も考えたが、店長はむしろ喜んで、快く応対してくれた。

「あのね、あなたの本、一昨日売れちゃって。今はないんだけど、またすぐ入荷すると思うから」

店長は文房具コーナーから売り物の色紙を持ってきて、晴子にサインを求めた。

晴子はもちろん承諾した。サインを書くのはいつ以来だろうか。久しぶりだったせいで随分緊張してしまった。

「わあ、すごい、嬉しいなあ。作家さんが来てくれたのなんて初めてだよ」

店長はサイン色紙をビニールに仕舞い直し、レジの後ろの棚に飾る。

「あなたの本、もっと入荷できるか確認してみるね。もし仕入れられたらコーナー作って、そこにサイン飾ってもいい？」

「あ、はい、もちろん」

「やあ、ありがとう。うちの店、小さくて申し訳ないけど、これからあなたのことめいっぱい応援するからね」

笑顔で言われ、つい泣きそうになってしまった。

「ありがとうございます。頑張ります」

不恰好な笑みを浮かべながら、晴子は頭を下げた。

五日目も六日目も外に出かけた。町の至るところに出向き、出会った人々と会話し、この町のことや彼ら自身の話を聞いては、また物語を書いた。

晴子は様々な場所を歩いたが、その間、翠に会うことはなかった。晴子が雲雀坂へ行くこともなく、ただ、翠のことは、ずっと考え続けていた。

——もしかして、翠も後悔していたのだろうか。

翠は、自分の魔法が人を深く傷つけてしまったと思っていた。だから晴子の願いに決して首を縦に振らず、そして自らの過去を話してくれたのだろうと、晴子は考えていた。

魔女なんて、まるで違う生き物のように思っていた。翠に出会ったときは、彼女を心のない人形のようだとも思った。けれど彼女にも人並みの感情があり、悩んだり、怒ったり、悲しんだりすることがあるのかもしれない。

「〈雲雀坂の魔女〉……か」

晴子には真実を知ることはできなかった。翠は心の内側までを決して晴子には見せないだろうし、晴子にだって翠の思いを受け止めるほどの度量はない。

だから、想像をした。勝手に思い浮かべ、解釈し、それを翠ではない別の誰かの心に住まわせた。別の誰かとは物語の中の住人だ。晴子は、その誰かの生きる世界を言葉で描いた。

自分にはわからないこと、どうにもできないことも、物語の中でなら為《な》すことができる。言葉にはならないことさえ言葉にして、掬うことができる。

晴子は、物語を書き続けた。

そして雲雀町に滞在する最後の日の朝。ノート一冊分の小説を、晴子は書き終えたのだった。

◇

「あの……もしよければ、これを、読んでもらえませんか?」

午前七時、朝食に呼びにきた女将に、晴子は新品の面影もなくなったノートを手渡した。女将はまず、明らかに寝ていないだろう様子の晴子を心配したが、晴子が大丈夫だと笑うと、ため息を吐きながらノートを受け取った。

「『つばめ町三丁目の魔法使い』?」

女将は表紙に書かれた文字を機械のように音読する。

「小説のタイトルです」

「小説……って、もしかして、このノートに?」

「はい。この町にいる間に書き終えたかったので、徹夜してしまいましたが。どうにか間に合ってよかったです」

「でもあなた、たしか……」

女将はそこで言葉を切った。晴子は小説が書けないと悩んでいたはず、と言いたかったのだろうが、答えはこの手にあると気づいたようだった。

「もし読んでもらえたら、いつになってもいいので、感想を教えてほしいんです。えっと、ここに連絡を貰えませんでしょうか」

晴子は名刺を渡そうとしたが、女将は受け取らなかった。

「いいえ。今すぐ読ませてもらいます。そしてあなたがこの町を出る前に、必ず感想を伝えるから。ほんの少し待っていて」

女将はそう言うと部屋を出て行った。

そして晴子が帰り支度を終えた、午前十時五十分。チェックアウトは十一時までであり、間もなくこの民宿を発《た》たなければいけない時間となってしまう。

荷物を持って一階へ下りると、ちょうど階段をのぼろうとしていた女将と出くわした。晴子の部屋へ向かおうとしていたようだ。

「ぎりぎりになっちゃってごめんね。今読み終えたところなの」

「本当にもう読んでくださったんですか」

「当たり前じゃない。約束したもの。わたしはね、ストッキングはよく破るけど、約束は破らない女よ」

女将は晴子へノートを手渡す。

「ねえ、この小説って雲雀町をモデルにして書いてくれたものでしょう」

「えっと……はい、実は」

「やっぱり。でもちょっと雲雀町とは違うわね。あなたの見る世界で描かれた、なんだか不思議な町が舞台だった」

晴子の書いた小説『つばめ町三丁目の魔法使い』は、魔法使いがいる町へやってきた主人公と、彼がこの土地で出会った人々、そして魔法使いとの交流を描いたストーリーだ。晴子自身が雲雀町で過ごした日々を参考に、つばめ町という架空の町に置き換えて物語にした。

行き当たりばったりで書いたから、山場などあってないようなものだ。なんの事件もなく淡々と物語が進む。でもその中に、書きたい思いを込めた。ぬくもりや繋がり、孤独と、人知れぬ悲しみ。時間の流れと後悔と、前へ進む一歩。

「あの、どうでした？」

晴子は恐る恐る訊ねた。作品の感想を聞くときは、いつだって心臓が張り裂けそうになる。どんなものを創り上げても同じだ。誰かの声は常に怖いし、そして常に求めてもいる。

「うん。とてもよかった」

女将は繕《つくろ》わない笑顔でそう言った。

「この前読んだのとはまた少し違う……ストーリーもそうだけど、言葉ひとつひとつからあたたかみが滲んでいるような感じでね」

「はい」

「わたしはとくに最後の三話目が好きだわ。あまり語られなかった魔法使いの内面に触れていくところ。ああいう思いって、きっと誰しも大なり小なり持ってる気がする」

はい、と晴子はもう一度返事をした。

大学ノートをぎゅっと抱き締める。ぬくもりなどないただのインクの染みた一冊のノートが、晴子の胸に、消えていたともしびを灯《とも》してくれる。

純粋に物語が好きだった頃の思いや、初めて小説を友達に読んでもらったときの緊張や、デビューが決まったときの高揚や、一生懸命に創り上げた作品が形となり、多くの人の手に渡る、あの喜びが。

晴子が忘れていたものが、もう一度この手の中へ戻ってくる。

「……あの」

伝えたいことは山ほどあるのに、気の利いた言葉のひとつも出てこなかった。代わりに晴子は、返してもらったばかりのノートを差し出した。

「もし、よければなんですけど、このノート、貰ってくれませんか？」

大切なものだ。だからこそ、自分のもとに置いておきたくはなかった。

「いいの？」

「この町をモデルにしたので、町に住む人や、この町に来た人にも見てほしくて」

「そう、わかった。実はわたしも、戴《いただ》けないか頼んでみようと思ってたの」

女将は両手でノートを受け取った。

「ご近所さんたちも、外から来るお客さんも、きっと楽しんでくれると思うから、誰でも自由に読めるようにこの民宿に置いておきたいなって。たくさんの人に読んでもらいたいのよ。だってわたし、この物語がとても好きだから」

晴子が欲していたのはその言葉だった。魔法などではなく、晴子の物語が好きだと言ってくれる、誰かの声が必要だった。

たったひとつのその言葉が、物語を書く勇気をくれる。

すべての人に愛される物語などこの世にはない。それでも、この物語を愛してくれる人のため、これから出会ってくれる人のため、物語は生まれ続ける。

小説家は、物語を書き続ける。

「……はい。よろしくお願いします」

晴子はそして、民宿をあとにし、雲雀町を離れていく。

秋晴れの下、駅まで送ってくれた女将に、改札越しに最後の声をかけた。

「あの、また来ていいですか」

問いかけに、女将は晴れやかに笑う。

「いつでもどうぞ。待ってるわ」

晴子はやってきた電車に乗り込んだ。動き出すと、すぐに一週間を過ごした町は見えなくなった。

住み慣れた都会への長い電車の旅の中、晴子の頭には、次に綴る物語が浮かんでいる。


一年後、雲雀町にあるたったひとつの書店に、とある作家の最新作が何十冊と積まれた。大規模な文学賞にノミネートされた、今話題になっている本だ。

やがてその本が大賞に選ばれると、その作家に縁のある宿が雲雀町にあると口コミで広まり、遠方から多くのファンが訪れるようになった。

宿に置かれた世界でひとつだけの本――大学ノートに書かれた物語は、多くの人に読まれ、愛されることとなる。

第四話　冬が明ければ

冷える首元にマフラーを巻きながら、またこの季節が来てしまったと、時生《ときお》は思った。肌を刺すような空気の一月。あれからもう、一年が経ったのだ。

「時生、もう行くの？」

玄関でスニーカーの靴紐《くつひも》を結び直していると、丸めた背中に向けて声がかかった。時生はちょうちょ結びをきつめに結んで振り返る。

「講義の前に教授に呼ばれてて、早く行かなくちゃいけないんだ」

「そう。気をつけて行くんだよ」

「兄ちゃんも仕事、あったかくして行けよ。今日かなり冷えるみたいだからさ」

「わかってる。ありがとう」

穏やかに笑む兄、慶彦《よしひこ》から目を背《そむ》け、時生は立ち上がる。

「じゃあ、行ってくる」

玄関のドアを開ける時生を、慶彦は「いってらっしゃい」と見送った。時生はもう慶彦を振り返らなかったが、彼がまるで憂《うれ》うことなどひとつもないかのように微笑み続けていることはわかっていた。

最低気温を更新し続ける冬のただ中。冷たい風が体温を奪っていく。

時生はマフラーに首を埋め、ダウンジャケットのファスナーを閉めた。吐き出す息が白く濁《にご》るのを、ぼんやりと眺めていた。

大学の授業を面白いと思ったことはない。どれを取ってもいまいち興味が湧かず、義務のように受けてしまっているからだと自分でわかっている。

いつもどおり適当に午前の授業を終えた時生は、午後が始まるまで構内の食堂で時間を潰していた。空になってから随分経つカツカレーの皿を返却することもなく、水だけを飲みながら数十分、窓硝子の外を見ている。

粉雪がはらはらと降っていた。天気予報では明日まで降り続けると言っていたから、もしかしたら寝て起きた頃には積もっているかもしれない。

嫌だな、と時生は思った。雪も寒いのも本来嫌いではない。だが、同じく雪が積もっていた去年のあの日を、鮮明に思い出してしまうから、少しだけ憂鬱な気持ちになった。雪など降っていなくとも、忘れたことなどないけれど。

「時生」

呼ばれて、時生は視線を向ける。お盆にチャーシュー麺を乗せた理紗《りさ》が、テーブルの横に立っていた。

「理紗、授業終わったんだ？」

「うん。時生、お昼早いね」

「二限がなくなったから。今日朝早くて飯食ってなくてさ、腹減ってたんだよね」

「へえ、そうなんだ」

理紗は時生の正面に座ると、短い髪を耳にかけラーメンを食べ始めた。

時生は頬杖を突きながら、恋人の食事風景を眺めている。

「そんなに見られると食べづらいんだけど」

「おれ、理紗がなんか食ってるとこ見るの好きなんだよね」

「そう、ありがと。でも食べづらいんだけど」

「代わりに今度おれが食ってるとこ眺めてていいよ」

「ありがと、そうするわ」

理紗はスープから掬った麵にふうふうと息を吹きかける。食べづらいと言うわりには、容赦なくいい音を立て麵を啜る。

「外寒かった?」

答えがわかりきっていることを理紗に訊ねる。

「寒かったよ。雪も降り始めたし」

「そうだよなあ。もうおれ外出たくねえよ」

「明日には積もってるかもね」

「ああ、やっぱり、そうだよなあ」

麺と具を平らげた理紗は、スープも全部飲み干してどんぶりを置いた。口紅を塗っていない唇を紙ナプキンで拭き、水を飲んで、時生を見る。

「ねえ時生、何かあったの？」

相変わらずの食べっぷりだなあと思っていた時生は、理紗の言葉に目を丸くした。思いがけない問いだったが、的を射ている問いでもあった。

咄嗟に誤魔化《ごまか》そうとしたものの、奥二重の理紗の視線は、すでにしっかりと時生の内心を見抜いていた。こうなるともう躱すことができないのはこれまでの経験でよく知っている。

「何かあった、とかじゃないんだけどさ」

時生はひとつため息を吐いてから口を開いた。どうせひとりでは答えを出せそうにないのだ、理紗に相談してみるのもいいかもしれない。

「もうすぐ一周忌だな、とか考えてて」

「由夏《ゆか》さんの、だよね。確かにこの時期だったね。あたしも覚えてるよ」

「ああ。そんでさ……兄ちゃんのこと、どうにかしてあげたいって思って」

ずっと、そのことで悩んで、心をここに置けずにいる。別のことを考えようとしてもそればかりが頭に浮かぶのだ。そして、家に帰って兄の顔を見るたびに、ひどく泣きそうになる。

「慶彦さん？　そういえば最近会ってないけど、どうかしたの？」

首を傾げる理紗に、時生は零すように話し始める。

「あのさ……兄ちゃん、もうずっとにこにこしてて、すげえ穏やかな雰囲気でさ」

「うん？」

「もうずっとそんな感じだから、父ちゃんも母ちゃんも、近所のおばちゃんとか兄ちゃんの会社の人たちも、そんな兄ちゃんを見てほっとしてるって言うか、よかったねえって感じで見てて」

「うん。そうだね、あたしもそんな気持ちかも」

「そうだよな。やっぱ、そういうふうに見るよな」

待って、と理紗が時生の話を止める。

「それって駄目なの？　落ち込んでるとかだったら心配するけどさ、元気になってるってことじゃん。いいことじゃないの？」

時生は眉を寄せた。そう、誰もがそう言うのだ。おかしくないと。きちんと前を向けている証拠だと。けれど。

「おれも、ちゃんと立ち直れてるんだって最初は思ってた」

泣き叫ぶ姿を見ていたから、慶彦が笑うようになって、時生はもう大丈夫だと安心したのだ。しかし時間が経つにつれ、少しずつ気づいてしまった。慶彦の浮かべる表情の不自然さに。

「なあ、本当にいいことだと思う？　だってずっと笑ってんだぜ。何しても。怒ったりも泣いたりもしない。兄ちゃんは元々あんまり怒るタイプじゃないけど、それにしたって変なんだよ」

慶彦はずっと、ずっと笑っているのだ。穏やかに微笑み続けている。この一年、時生は兄が他の表情を浮かべたのを見たことがなかった。

「それって本当にいいことかな？　おれはそうは思わないんだよ。おれには、不自然で歪にしか見えない」

「ねえ、どういうこと？　時生は、慶彦さんが普通じゃないって言いたいの？」

「そうだよ。兄ちゃんはさ、今心が普通じゃないんだ。みんなそれに気づかなかったり、見て見ぬふりしたりしてるけど、でも、絶対にいい状態じゃない。だって、治ってるんじゃなく、壊れてんだから」

あの日から、兄はおかしくなってしまった。

時生にはわかっていた。兄は泣かなくなったのではない。泣けなくなったのだ。

慶彦が微笑み続けている理由は、何かが嬉しいからでも楽しいからでもない。

「兄ちゃん、由夏さんが死んでから、笑うことしかできなくなっちまったんだ」

慶彦の恋人だった由夏が白血病で死んだのは、去年の一月だった。約一年の闘病の末に亡くなった。雪の降る日の少ないこの土地に、数センチにもなる積雪があった日だ。数日降り続けた雪は、由夏の通夜の日も、葬式の日も、辺りを真っ白に染めていた。

慶彦と由夏は高校の同級生だった。付き合いが始まったのはふたりが二年生に上がったばかりの頃だ。

自他ともに認めるほど仲がよく、自然とふたりでいるような関係性だった。その様子を、熟年夫婦のようだと時生は思っていた。まだふたりとも高校生のくせに、まるで長いこと一緒にいるかに思える空気感があったのだ。それほど気が合ったのだろう。人としての形のようなものが、ふたりはぴたりと合わさっていた。こんな人にはきっともう二度と会えないと、慶彦が言っていたことを、時生は今も覚えている。

慶彦は当時から由夏を家族に紹介しており、時生もそのときから由夏との交流があった。

ひとりっ子の由夏は、五歳年下である時生のことを自分の弟であるかのように可愛がってくれていた。進路の相談に乗ってくれたり、慶彦の誕生日には一緒にサプライズを仕掛けたり。優しく強《したた》かで、でも遊び心に溢れて明るい由夏のことが、時生は好きだった。恋愛感情などではなく、兄に向けるものと同じ気持ちで、人として尊敬していたのだ。

仲のいいふたりの様子を見ているだけで嬉しくなった。ずっとこのままでいてくれたらと思っていたから、結婚するのだと、慶彦と由夏が揃って時生に報告してくれたとき、時生は心配されるくらいに泣いてしまったのだった。

けれど、ふたりが結婚することはなかった。由夏が死んだからだ。

結婚を決めた直後に病気が発覚し、二十四歳という若さでこの世からいなくなった。由夏がいたからこそここにあった夢も希望も未来も、すべてを連れて、由夏は消えてしまったのだ。

慶彦は、最後の瞬間まで、由夏が生き続けることを信じていた。必ず治るから大丈夫だと、病気が治ったらすぐに結婚しようと、何度も由夏に言っていた。最後まで命を諦めなかったということは、言い換えれば、喪《うしな》う覚悟ができていなかったということでもある。

由夏が死んだときの慶彦は、とても見ていられなかった。死人のような顔色で泣き続け、どうして由夏がと慟哭《どうこく》し、他の誰の声も届かず、他の誰の存在も見えていなかった。ただただ悲しみと怒りと後悔と、そしてもういない由夏の面影が、慶彦の心を占めて苦しめていたのだ。

時生は兄にどんな言葉もかけてあげられず、隣で肩を抱いてやることさえできなかった。慶彦から離れたところで、自分もまた、泣き続けることしかできなかった。

由夏が死んだ翌日に通夜が、翌々日に葬式が執り行われた。

憔悴《しょうすい》しきったまま式に参加した慶彦は、由夏が骨になるのを見送り、家に帰ると、高熱を出して倒れた。

熱は三日間下がらなかった。ようやく熱が冷め、目を覚ました慶彦は、時生に向かい柔らかく笑いかけた。

時生は安堵《あんど》して息を吐き、ベッドから身を起こした慶彦に縋りついて泣いた。慶彦は時生が泣き止むまで、小さい頃のように頭を撫でてくれた。変わらない兄の手のひらのぬくもりを感じながら、時生は、慶彦はもう大丈夫だと思ったのだった。

でも、由夏が死んでからひと月が過ぎ、ふた月が過ぎ、時生は兄の異変に気づき始めた。

慶彦は決して大丈夫などではなかったのだ。慶彦の心は今も粉々にひび割れ、誰にも聞こえない——慶彦自身にも聞こえない悲鳴を上げ続けている。

そして慶彦は、悲しみに暮れることなく、憤ることも悔いることもせず、あの日からずっと微笑み続けている。

愛する人を失ったことをきっかけに、笑うこと以外の感情を失い、壊れた心のまま、慶彦は生きているのだ。

「……そっか」

理紗は呟き、頷いた。唇を閉じ、しばらく間を置いてから、ふたたび開く。

「時生は、みんなが気にしない慶彦さんの変化とか、歪《ゆが》みに気づいてるんだね。あたしは慶彦さんにしばらく会ってないし、よくわからないけど、時生がそう言うならそうなんだと思う」

「……理紗はおれの考え否定しないでくれるの？」

「少なくともあたしよりは時生のほうがはるかに慶彦さんのことをわかってるから、優先すべきなのはあたしじゃなくて時生の判断でしょ」

理紗は冷静にそう言って、右手の人差し指でテーブルをこんこんと叩いた。理紗が何かを考えているときにする癖だ。

「とりあえず、心理的な要因に間違いないんだから、専門のところで見てもらうのが確実じゃない？　カウンセラーとか、精神科とか」

理紗の意見は真っ当だが、時生は首を横に振る。

「一回親に相談してみたことがあるんだけど、精神科なんて通ったら体裁が悪いって言われて。それに父ちゃんも母ちゃんも、兄ちゃんはどこも悪いとこなんてないって言い張るんだ。もちろん、いざとなったら無理やりにでも連れていこうって思ってるけど」

「親御さんはともかく、慶彦さん自身はどう思ってるわけ？」

「……兄ちゃんとは、まだ直接話ができてないからわからない。なんか訊く勇気がなくて。でも、日常生活は普通に送ってる。何も問題を起こしたりとかはしてないし、前と変わらずに過ごしてる」

「ふうん。だから、まわりの人たちは心配してないんだろうね」

「親はとくに。由夏さんが死んだときの兄ちゃんの様子も、倒れたときのことも知ってるからさ。心配してないっていうか、刺激したくないんだと思う。落ち着いているなら今のままでいいじゃないかって感じ」

「なるほど。まあ、わからなくもないけど」

　そう、時生にも、両親の気持ちがわかるのだ。だからこそ時生を否定する両親に強く言えず、そして慶彦本人にも話ができずにいる。怖いのだ。もしも下手に刺激して、慶彦が取り返しのつかないほどに、本当の意味で壊れてしまったらと。

「……はあ、やっぱどうしようもないのかな。自然に治るのを待つしか」

　時生は頭を抱えた。手立てがないなら放っておくしかない。けれど、時間で癒《い》えるものとも限らない。いつまでもこのままだったら？　それどころか悪化してしまったら？

　異常である今の状態が慶彦の心に負荷をかけていないはずがないのだ。もしもこのまま慶彦の心が壊れ続け、いつか慶彦までも失うことになってしまったら。そんな考えたくないことを考えてしまう。

「あ、そうだ」

　と理紗が声を上げる。

「〈雲雀坂の魔女〉に相談してみるってのはどう?」

時生は上目で理紗を見ながら眉をひそめる。

「〈雲雀坂の魔女〉だって?」

「うん。あたしも行ったことないから詳しい場所までは知らないけど、隣町に店があるのは知ってるでしょ?」

もちろん知っている。〈雲雀坂の魔女〉は、時生の地元と隣《とな》り合わせた雲雀町という町に住んでいる魔女で、雲雀坂魔法店という名の薬や茶葉を売る店を営んでいる。時生は母から、買い物に行ったという話を何度か聞いたことがあった。母の買ってくるお茶は漢方っぽい味がして、時生は苦手だった。

「魔女に相談して、どうにかなるのかよ」

「だって、魔法はどんなことでもできるんだよ。きっと失《な》くした感情だって取り戻せるはずだよ」

「理紗、おまえも知ってるだろ。〈雲雀坂の魔女〉はまず人の頼みを聞かない。魔法を使ってほしいなんて言ったところで、叶えてくれるはずもないって」

その話は有名だ。魔女はどれだけ金を積まれても、今にも死にそうな人が目の前で延命を願い縋っても、気が向かなければ絶対に魔法を使わない。そして魔女の気が向く機会は滅多にない。

時生の悩みは切実ではあるが、魔女に通じる自信はなかった。もちろん、魔女の気を引ける自信も。

「でも、行ってみなきゃわからないじゃん。可能性は確かにゼロに近いけど、行動しないよりかはましでしょ」

「……まあ、確かに」

「駄目で元々と思ってさ。いきなり慶彦さんを連れていかなくても、とりあえずひとりで話を聞きに行くだけでもいいし。なんならあたしも一緒に行ってあげるから」

「いや……いい」

時生は右手を振り、背もたれに体を預けた。

腕時計を確認する。そろそろ次の授業の準備を始めなければいけない時間だ。

「ありがとな理紗。とりあえず、おれにできることからやってみる」

「うん。あたしもやれることがあるなら力になるから。何かあったら言ってよね」

「ああ」

時生はお盆を持って立ち上がる。食器を返却口へ返してから食堂を出て、次の講義室へと向かう。

中庭を通ると肩にいくつも粉雪が落ちた。吐いた息は途端に白く濁る。

時生は両手をポケットにしまい、小走りで校舎の入口を目指した。

◇

週末、時生は愛車のマウンテンバイクに乗り、雲雀町へと向かっていた。

魔女に会いに雲雀坂魔法店へと行くためだったが、時生は店の場所を詳しく知らず、かなり迷ってしまった。事前に母から訊いておくこともできたはずだが、店に行く理由を問われると困るため訊けなかったのだ。おかげで散々時間をかけ、道行く人に何度も訊ね、ようやく店があるという坂の麓《ふもと》にまで辿り着いた。

「雲雀坂……この先か」

町名と同じ名前の付いたその坂は、車が通ることのできない細さの石畳の道だった。勾配が急であり、マウンテンバイクをただの移動手段としてでしか使っていない時生には、駆け上がるのは難しそうだ。

大人しく、初めからバイクを押してのぼることにした。流れそうになる鼻水をすすりながら、しんと静かな道をひたすらに上へ向けて歩いていく。

何軒かの門や玄関を通り過ぎ、一軒の建物の前で足を止める。

「……ここ、かな？」

坂道の中ほどの場所に、木でできた小屋があった。随分可愛らしい建物だ。外には鉢植えが並んでいて、色とりどりのビオラが元気に咲いている。

ドアの斜め上に鉄製の看板が提げられていた。書かれた店名を読むと、やはりここが時生の目指していた場所に違いないようだった。

時生は邪魔にならない場所にマウンテンバイクを停め、手袋を外してからドアを開ける。閉まっていたらどうしようと思ったが、心配をよそにドアはスムーズに開いた。

カウベルの音と香草の匂いが届く。そして、植物に埋もれた店内にいる、美しい少女の姿が目に映る。

「やあ、いらっしゃい」

抱えた瓶を商品棚へ並べていた少女は、微笑みながら時生のほうを振り向いた。

「あ、ど、ども」

時生は出来損ないのロボットのようにぎこちなく会釈する。

映画の中でも見たことがないほど美しい少女だった。あまりの美貌に直視することもできないくらいだ。冷え切っていたはずの頬が火照《ほて》っていくのがわかる。こんな姿を理紗に見られたら、きっと尻を蹴《け》られてしまうだろう。

「あなたは何をお求めに？」

少女の問いに、時生は視線をあちこちへさまよわせながら答える。

「あ、えっと、〈雲雀坂の魔女〉に会いに来たんだけど」

店内には少女の姿しかなかった。ならば目的の相手はこの少女ということだろうか。

「もしかしてあんたが〈雲雀坂の魔女〉？」

迷子だった視線を恐る恐る少女へと向ける。少女はわずかに口角を上げた。

「そう呼ばれることもあるね」

「そう、なんだ」

やはり、自分よりもいくらか年下に見える外見のこの少女が、雲雀坂魔法店の主であり、時生がわずかな望みを抱いて会いに来た〈雲雀坂の魔女〉であるようだ。

「あのさ、ちょっと相談したいことがあって」

時生が言うと、魔女は備え付けのカウンター内へ移動し、時生を手招きした。言われるがまま、時生はカウンターの椅子へ腰かける。

「私は翠」

「翠？　あ、名前？　えっと、おれは時生、って言います」

「外は寒かったでしょう。あたたかいお茶を淹れてあげよう」

「あ、いや、お構いなく。おれハーブティーって言うの？　ああいうの苦手で」

「合わないものしか飲んだことがなければそうだろうね。でも体があたたまるから、よければ飲んでみるといいよ」

翠はカセットコンロに火を点け、やかんでお湯を沸かし始めた。他に人のいない、音楽もかかっていない、静かな店内。時生は淡々とお茶の支度をする翠を、どうにも落ち着かない気持ちで眺めていた。

五分もしない間に時生の前にティーカップが置かれる。綺麗な黄金色の液面の下には、ドライフルーツのようなものが沈んでいる。

「どうぞ」

「あ、ありがとう、ございます」

時生は何度か息を吹きかけてから、お茶をこわごわひと口含んだ。砂糖ではない甘さの混じる、柑橘《かんきつ》系の味がする。

「……あれ、意外と飲めるかも」

母が買ってきたものは時生の舌には合わなかったが、これならむしろ好きなくらいだ。芯まで冷えていた体もじわじわとあたたまる。

「それで、相談というのは？」

翠が言う。

そうだった、と時生はティーカップを置いた。魔女の存在とお茶の美味しさでうっかり忘れそうになっていたが、時生はこの店にお茶を飲みに来たわけではないのだ。

「あの、おれの兄のことで。魔法の力を借りられないかと思って」

「きみのお兄さん」

「うん」

時生は、魔女を頼りにやってきた理由を話し始める。

「うちの兄ちゃんさ、慶彦って言うんだけど……一年前に大切な人を病気で亡くしたんだ。たぶんそれがきっかけで、心が、その、病気になって。感情を失くしちまったんだ。今兄ちゃんは、笑うことしかできなくなってんだよ」

「へえ」

「本当に楽しくて笑ってるならいいと思う。でも兄ちゃんはそうじゃない。悲しみを忘れてるだけだ。悲しみだけじゃない。怒りとか、寂しさとか、そういう気持ちも全部。だからおれ、兄ちゃんの感情を取り戻したくて。負の感情を取り戻すことは、兄ちゃんを苦しませることになるかもしれないけど、でも長い目で見ればきっと、ないよりあったほうがいいと思うから」

喜びや楽しさは、いくら味わったって足りない。反対に悲しみは、できることなら味わいたくないとさえ思うほど苦しく痛い感情だ。けれど、生きている人間にとって、何より大切な感情でもあるとも時生は思っていた。

生きていく中では、心が壊れてしまいそうになるほどの喪失に何度も遭遇する。そんなとき、悲しみという感情があるからこそ折れることなく心を保てる。正しく悲しみ、痛みを知り、失ったものを思い、もがいて泣いて、気持ちを吐き出す。そして人は前を向く。そういうふうにできている。

由夏が死んでから季節が巡った。この一年で、慶彦の心が癒えていると、時生はとても思えなかった。兄が悲しまないのは決してそれを乗り越えたからではない。今の慶彦は、心に負った深い傷が必死に伝えようとしている痛みを、無視しているに過ぎないのだ。

「そうだね。私もそう思うよ。感情は、必要だから備わっているのさ」

「だろ、そうだろ？　だからさ、あんたの魔法で、兄ちゃんの感情を取り戻してほしいんだ。魔法はどんなことだってできるって聞いたから」

お願いしますと、時生は両手をカウンターに突いて頭を下げた。

翠に望みを聞いてほしいと、心から願っていた。同時に、決して叶わないだろうとも思っていた。

滅多に人の願いを聞かないと言われている魔女が、運よく自分の頼みを聞いてくれることなどありはしない。

きっと断られるだろう。そのときは、ほんの少しくらいは駄々を捏《こ》ねてみようと、そう思っていたのに。

「やってあげてもいいよ」

翠の出した答えは、時生の想像と違っていた。

時生は顔を上げる。

「……今なんて？」

「私の魔法で、あなたが今言った望みを叶えてあげてもいい。そう言ったのさ」

「ほ、本当？　本当に？　兄ちゃんが失くした感情を、元どおりにしてくれるって？」

「ああ」

時生は口をあんぐり開けて、正面に立つ美少女を見ていた。もう翠の外見にどぎまぎすることもない。それどころではなかった。まさか魔女が魔法をかけてくれるだなんて、思ってても見なかったのだから。

奇跡が、起きたのかもしれない。

瞬きを繰り返しながらそう考える時生に、「でも」と翠は続ける。

「それがどういうことか、あなたはちゃんとわかっている？」

時生は首を傾げる。翠の表情は先ほどから変わらない。

「どういうことって……どういうこと？」

「魔法を使って慶彦の感情を取り戻すこと。それはつまりね、言い換えれば、魔法によって慶彦の心を無理やりに操作するということだよ」

「……操作、って」

「私はそれをいいこととも悪いこととも言わない。どう受け取るかは、あなたたち次第だから」

時生はまた口を開けたまま、何も言えなくなってしまった。表情は同じなのに、抱く思いはほんの数秒前とまるで異なっていた。

噴き上がった高揚が静かに治まり、身の内に言い知れない思いが湧き出てくる。

心臓が、ゆっくりと音を立てる。

「それをよく理解して、納得したなら、慶彦を連れてこの店においで。そのときには慶彦の心を元のとおりに戻してあげよう」

形のいい目を細め、魔女は時生にそう告げた。

時生は、どうするべきかわからなかった。

◇

結局、悩むことしかできないまま週が明けた。夜眠ることができず、おかげで盛大に寝坊し、一限に大遅刻するほどの悩みようだった。

これはひとりで考えても埒《らち》が明かないと悟った時生は、理紗に相談してみることにした。一限に間に合わなかったついでに二限もサボり、理紗がいる講義室の近くで待って、理紗が授業を終え、出てきたところを捕まえた。

用件を言う前から、理紗は慶彦に関することだと察していたようだ。

「〈雲雀坂の魔女〉へ会いに行ったの？」

と訊かれたから、時生は頷いた。とりあえず食堂へ行こうと理紗が言い、連れ立って向かう。

近くに人がいない席に座り、昼食をとりながら、時生は翠とのことを理紗に話して聞かせた。

「なるほどね」

時生の話を聞いた理紗は、ラーメンの汁を吸った割り箸を行儀悪く噛みながら、指でこんこんと机を叩く。

「魔女の言ったことは、確かにそうかもしれないね。心を操るって部分は否定できない。時生もそうでしょう、だから悩んでるんだよね」

時生は、すっかり冷めたとんかつの端っこをしゃくりと齧《かじ》る。

「翠は……魔女はさ、いいとも悪いとも言わないって言ってたんだ。魔女はそれを悪と決めているわけじゃない。でも、おれには、なんだか思っていたよりもずっと大変なことをしようとしているように感じちゃって」

たとえば魔法を使い、同じ学部のマドンナを時生に惚《ほ》れさせようとしたとする。それは時生が実際にやろうとしていることとはまったく違うし、しようとも思わないが、根っこの部分は同じだ。人の心を、自然ではないやり方で無理やりに変えようとしている。

魔法で治してもらうのは最善の方法だと思っていた。それが慶彦のためであるとも。しかし、自分の考えていたことが、どれほど恐ろしいことであるのかに気づかされた。そして怖気づいてしまったのだ。

「やめようってはっきり思ったわけじゃない。でも、やろうって答えも出せない」

「うん」

「理紗は、どう思う？　答えを出せる？」

「うん。あたしはやったほうがいいと思う」

理紗ははっきりとそう答えた。テーブルに肘を突いて身を乗り出す。

「要するに、時生がどうにかするって考えるからいけないんだよ。人が人の心を操作しようなんてのは間違いなく倫理的によくないんだから」

「え？　いやでも、そしたらさ」

「だけど、慶彦さんが自分で自分に魔法をかけるなら、何も問題ないでしょ」

理紗が箸の先で時生を指した。

時生は顔をしかめながら髪をわしわしと掻く。

「それって、つまり兄ちゃんに、自分の意思で魔女に魔法をかけてもらうようにするってこと？」

「そう。だって、どうせ魔法をかけてもらうなら慶彦さんと一緒に魔女のところへ行かなきゃいけないんだからさ。やるって決めたなら慶彦さんにも話さなきゃいけないことだったじゃん。時生だって、本人に何も言わずに実行しようなんて思ってたわけじゃないでしょ」

「そりゃもちろんそうだけど……」

「まだ慶彦さんとはちゃんと話してないって言ってたよね。慶彦さん自身がどう思ってるのかも知ったほうがいいし、ここで一回ちゃんと向き合ってみたら？」

理紗の言うことはもっともだった。時生も、そろそろ慶彦と話をしなければいけないと考えていたところだ。

慶彦本人は今の自分の状態をどう感じているのか。どうなりたいのか。どうありたいのか。慶彦のためを思って行動するならば、その前に慶彦の気持ちを知らなければいけない。

「時生、あんたが怖がってちゃ本当に何も前に進まないよ。お兄ちゃんを助けたいんでしょ」

時生の内心を見透かした理紗が、時生が口を開く前にそう言った。

時生は腹を決め、一番大きなカツに箸を刺しながら頷いた。

その日の夜、時生は慶彦の部屋をノックした。兄の部屋に入ることにいちいち緊張などするわけもない。なのに、今日は心臓がマラソンのあとのように激しく鳴っていた。

「はい」

「兄ちゃん、あの、ちょっと今いい？」

「うん、どうぞ」

時生はドアを開けた。

慶彦の部屋は昔からシンプルで、本棚がふたつにベッド、父親から貰った古いレコードプレーヤーと、子どもの頃から使っている学習机があるだけだ。無駄な物の多い時生の部屋とは違う。慶彦の部屋は、いつも必要なものだけが置かれている。

「どうしたの？」

慶彦がレコードプレーヤーの針を上げた。流れていた外国の音楽が止まる。

「……音楽聴いてたの？」

「うん。最近よく聴いてるんだ。なんかこれ聴くと落ち着くんだよね」

「そう……あのさ、ちょっと話があるんだけど」

慶彦はベッドを背もたれにして座った。時生は、慶彦の正面で正座をした。畏《かしこ》まった様子の時生に慶彦は首を傾げている。その表情はやはり、穏やかに微笑んだままだ。

「えっとね、おれ、この間〈雲雀坂の魔女〉のところへ行ってきたんだ」

時生は一度深く呼吸をしてから、そう話を切り出した。

「〈雲雀坂の魔女〉って兄ちゃんも知ってるだろ？　雲雀町にいる、店をやってるさ」

「母さんがよく買い物に行くところだよね。時生、お使いでも頼まれたの？」

「ううん。おれが自分で行きたくて行ったんだ。欲しかったのは売ってるお茶とかじゃなくて、魔女の、力」

「魔女の力？」

「魔法をかけてくれって、頼みに行ったんだ」

慶彦は「そう」と頷いた。驚いてもおかしくない告白だったはずだが、今の慶彦の表情は変わらなかった。

「魔法はかけてもらえたの？」

「いや、まだ。でもおれの頼みを聞いてくれるって、魔女は約束してくれた」

「すごいじゃないか。よかったね」

「それでさ、おれが魔女に頼んだことってのが……」

時生は膝に置いた両手を握り締め、自然と伏せていた顔を上げる。

「兄ちゃんの感情を、取り戻してもらうための魔法なんだ」

慶彦は三度瞬きをした。時生の言葉の意味を考えているようだったが、やはり驚いた様子はなかった。

「おれの感情？　何それ、どういうこと？」

「……兄ちゃんさ、最近、例えば嫌だなとか、むかつくとか、そういう気持ち抱いたことある？」

「そういえば、ないかもしれないね」

「じゃあ悲しいとかは？」

「ううん、ないねえ。いつもなんだかとても幸せだよ。だから悲しいことはとくにないかな」

混じりけのない笑顔で慶彦は答える。

本来なら見れば安心するはずのその表情に、時生の不安は募っていく。

「ねえ、それってさ、変だと思わない？」

「変って？」

「本当に幸せ？　もしそうだとしたなら別にいいよ。でも今の兄ちゃんは違うんじゃない？　そういう感情しか感じなくなってるんじゃないの？　おれさ、兄ちゃんのことが心配なんだよ」

「何が？　心配することなんて何もないよ」

「ねえ兄ちゃん、お願い、おれと一緒に〈雲雀坂の魔女〉のところへ行こう」

時生は左手を慶彦の右手に重ねた。子どもの頃はよく繋いでいた手だ。五歳年上の兄はしっかり者で、時生の面倒をよく見てくれた。はぐれないよう、危ないことの起きないよう、時生の小さな手を握っていてくれた。

大きくなってからは手を繋ぐことなんてなくなった。もうひとりで十分に歩けるから、繋いでもらう必要もない。

それでも、慶彦に手を引かれていた日々のことは覚えている。あのときの安心感も、大きな兄の頼もしさも、ぬくもりも。いつか、自分を守ってくれる兄と並び立てる男になろうと決めた思いも。今でも忘れていない。

「どうしたの？　時生。なんだか変だよ」

　慶彦は笑った。

　時生は笑えるはずもなかった。慶彦の笑顔に何もかもを否定されたような気がしていた。時生の訴えにも、治っているはずのない慶彦の深い心の傷にも、慶彦は目を向けようとすらしてくれない。

「おかしなことを言うね。何かあったの？」

「……おかしいのは、おれじゃねえよ。なあ兄ちゃん、絶対に自分でも気づいてるはずだろ。今の兄ちゃんは普通じゃないって。変わっちゃったんだよ」

「何も変わってなんかいないよ。心配しないで、おれは普通だから」

「普通なもんか！　泣いたり怒ったり、落ち込んだり驚いたりもしなくて、笑ってばっかで。それしか知らないみたいにさ」

「笑うことの何がいけない？　毎日穏やかに過ごしてるってことでしょう。それってていいことじゃないの？」

「よくない。よくないよ兄ちゃん。このまま一生笑うことしかできなかったらどうするつもりだよ。どんなに腹立つことがあっても、泣きたいことがあっても、笑ってなきゃいけないなんて、辛すぎるだろ」

「時生」

「ねえ、魔女に治してもらおう。魔女は治してくれるって言った。兄ちゃんをもとに戻してくれるって。だから」

「待って時生、おまえはどうかしてるよ。急にそんなことを言い出して」

誰かに何か言われたの、と、慶彦は癇癪《かんしゃく》を起こす子どもを宥《なだ》めるように、優しく時生の肩に手を置いた。

時生は強く唇を噛む。怒りとも悲しみとも取れる感情が腹の底から込み上げてくる。

この思いをすべてぶつけてしまえば、兄も感情を思い出してくれるだろうか。ほんのひとかけらの涙でも零してくれればいい。そうすれば、慶彦が笑っていられることを、素直に喜べるのに。

「急じゃねえよ……ずっと思ってた。ずっと兄ちゃんは変なんだよ、心が正常じゃねえんだ。病気なんだよ。このままにしといていいわけねえのに。なんでそれがわかんねえかな！」

「時生……」

「兄ちゃんはおかしいんだよ！　あのときから……由夏さんが死んだときから、ずっと！」

由夏の名を、出すつもりはなかった。

本当ならもっと冷静に話をするつもりだった。余計なことを言わないようにと決めていたし、慶彦が前向きに考えてくれるよう、うまく背中を押そうと考えていた。

「由夏？」

慶彦の顔から笑みが消える。慶彦の口からその名を聞いたのは、随分久しぶりのことだった。

時生は思わず息を止めた。

一秒、二秒と沈黙が流れ、そして。

「懐かしい名前だね。そう言えば、そろそろ亡くなって一年だっけ」

慶彦はいつもどおりの表情を浮かべながら、机の上にある卓上カレンダーへ目を向けた。

机に飾ってあったはずの慶彦と由夏の写真は、いつからかなくなっていた。

「……」

時生は体中の力を抜くように長く息を吐いた。視線は藍《あい》色のカーペットを見ていた。もう、顔を上げられそうになかった。

慶彦にとって、由夏は過去の人になってしまったのだ。

いや、違う。本当に忘れたならそれでいい。由夏には申し訳ないけれど、過去よりはこれからを生きるほうが大事だ。忘れることで慶彦が前を向けるならそれでいいと、時生は思っている。

けれど慶彦は、決して由夏を忘れてなどいないのだ。由夏を忘れられていないからこそ、忘れた。

壊れてしまいそうだった自分の心を守るために。

「……っ」

由夏を失った悲しみは、慶彦にとってそれほどのものだったのだ。乗り越えることができないほどの痛みだった。だから、絶望の感情ごと忘れるしかなかった。

これが正しい方法ではないとしても……結局自分の心に負荷をかけてしまうことになるとしても、こうするしかなかったのだ。

「うぅ……ううぅっ……」

時生は溢れる涙を抑えることができなかった。

唇の端から声にならない声を漏らしながら、床に額をこすりつけて泣いた。

「時生？」

慶彦が背中をさする。時生は答えることができず、必死に嗚咽《おえつ》を押し殺す。

優しい兄。大好きな兄。時生に向けてくれる愛情も、触れた手から伝わるぬくもりも、昔から何ひとつ変わっていない。

「今日は本当にどうしたんだろうね、嫌なことでもあったの？」

慶彦に、感情を取り戻させてあげたかった。それこそが慶彦のためになることだと思っていた。

でもそうすることは、感情を失くすほどの痛みと喪失を、慶彦に思い出させてしまうことでもあるのだ。

胸を掻き毟《むし》りたくなる悲しみを。どれだけ焦《こ》がれても戻ってこないぬくもりを。

大切な人への愛と引き換えに手離した苦しみを、もう一度慶彦に味わわせるだなんて。

「泣かないで、時生」

そんなこと、もうできるわけがなかった。

◇

一月三十一日は、由夏の命日だ。

時生は前日から慶彦の様子を窺っていたが、慶彦はとくに気にする様子がなく、当日も何事もないかのように仕事へ行ってしまった。

時生は欠席するとまずい一限にだけ出席してから、慶彦の代わりに由夏の墓参りへ行くことにした。校舎を出るとき理紗に会ったため、行き先を伝えると、なぜか理紗も授業をサボって一緒に行くことになった。

命日となると他の人も来ているだろう。時生が用意しなくとも墓には瑞々《みずみず》しい花が咲いているだろうが、もし活《い》けられなければ持って帰ればいいと、霊園近くの店で由夏に合いそうな可愛らしい花束を購入した。

由夏の墓があるのは寺に隣接した霊園だ。一度だけ来たことがある。由夏の家族から納骨を済ませたとの知らせを受け、墓の場所を教えられたときだった。あのときは自主的に来たわけではなく、親から慶彦の代わりに行ってくれと頼まれたのだ。慶彦の精神が不安定になるのを恐れた両親は、慶彦に知らせが来たことを伝えなかった。

「確かこのあたりだったはずだけど」

霊園内を見回しながら由夏の墓を捜した。どこを見ても似たような墓石が並んでいるから迷ってしまったが、なんとなくの記憶を頼りに、一本の通路へと入っていく。すると、

「あっ」

通路の先で墓の掃除をしている人の姿を見つけ、時生はつい声を上げてしまった。

向こうも気づき、振り返る。

「きみは……」

その顔にはやはり見覚えがあった。由夏の父親だ。

「こんにちは。由夏さんのお墓に参らせてもらいに来ました。構いませんか?」

時生は由夏の父親へ駆け寄る。

「えっと、きみは確か」

「慶彦の弟の時生です。こっちは、彼女の理紗」

はじめまして、と頭を下げる理紗に、由夏の父は微笑んで会釈をした。

「時生くんは、娘の葬儀に来てくれていたよね。今日も、わざわざありがとう」

「いえ……あの、兄が、どうしても今日来ることができなくて、すみません。それでおれが、代わりに」

「そうだったんだ。慶彦くんは、元気にしてるかな」

「あ、はい」

「そう、よかった」

　由夏の父はほっとしたように顔を綻ばせ、視線を墓標へと向けた。御影石《みかげいし》には、正面に由夏の苗字《みょうじ》が、そして側面に由夏の名が刻まれている。

「あっという間の一年だった。私たち家族は、まだ心の整理を付けられていないけれど、どうにか少しずつ前を向き始めているところだよ」

「はい……」

「時生くんも、由夏と仲良くしてくれていたと聞いていたけれど、きみはどうかな」

「おれは……由夏さんを忘れることはできませんけど、でも、由夏さんのいない日々というのには、慣れてきてしまった気がします。すいません。言い方が、よくないかもしれないですけど」

「構わないよ。それに、それでいいと思ってる。きみには、きみの未来があるんだから」

由夏の父はそう言い、「慶彦くんは？」と続けた。

時生は咄嗟に答えられなかった。その反応をどう受け取ったかはわからないが、由夏の父は、どこか悲しくも思える微笑みを浮かべた。

「慶彦くんが、由夏をとても大切にしてくれていたことを知っている。だからこそ慶彦くんにはどうか、由夏の存在に縛られず、新しい人生を歩んでほしいと思っている。それが娘の願いでもあるだろう。あの子も、慶彦くんを愛していたから」

寒さに赤く染まった指先が墓石の表面を撫でる。

墓なんて骨の置き場であり、標《しるべ》でしかないただの石だ。由夏の温度などあるはずもない。だが由夏の父の仕草も、まなざしも、そこに最愛の娘がいるかのように優しかった。

「……なんてことを言っておいて、矛盾しているかもしれないが」

由夏の父が、墓の前に置かれていた紙袋を時生に差し出す。

「今日、もしも慶彦くんに会えたら渡そうと思っていたんだ。よければきみから渡しておいてくれないかな。不要なら処分してくれて構わないからと伝えてほしい」

時生は袋を受け取った。中を見ると、長方形の紙箱が入っている。

お菓子かとも思ったが、処分という言葉が気になった。

「これは？」

「中にオルゴールが入ってる。先日ようやく少しだけ娘の遺品の整理を始めてね、そのときに見つけたんだ。ラッピングまではされてなかったけど、箱に入れっぱなしになってたから、たぶん新品だと思う」

「……由夏さんが兄に贈ろうとした物ってことですか？　でもラッピングしてないなら違うのかな。兄のほうから贈ったもの、とかでしょうか」

「いや、どうだろう。いつか、慶彦くんからオルゴールを貰ったとは言っていたけれど、それは別の物で、仕舞わずに部屋に飾ってあったから。このオルゴールは慶彦くんから貰ったものではないと思う」

「じゃあ、なんでこれを兄に？」

慶彦に縁のあるものなら頷けるが、そうでないならわざわざ持ってきてまで渡そうとする理由がわからない。

「それが、私にもわからないんだけれど。ただの直感みたいなもので、はっきりとした理由は言えない。でもどうしてか、慶彦くんに渡さなければいけないと思ったんだ。なんだかね、由夏に、そう言われているような気がして」

由夏の父は目を伏せ、口元だけで笑う。

「ごめんね。形見分けみたいで、迷惑かもしれないとは思ったんだけど」

「あ、いえ……大丈夫です。預からせてもらいます」

「ありがとう。今日、時生くんに会えてよかったよ」

時生は由夏の父の目を見ずに頷いた。

凍えるような風が、ろうそくの小さな火を揺らしていた。


花を飾らせてもらい、理紗とふたりで線香をあげてから、由夏の父に挨拶をして霊園をあとにした。

帰り道、しばらく無言で歩いていると、理紗が「ねえ」と口を開いた。

「それ、慶彦さんに渡すの？」

理紗の視線は時生の持つ紙袋へ向いている。

時生は少し考えてから、首を横に振った。

「渡さない。でももちろん、勝手に捨てたりはしないよ。いつか、渡そうと思うときが来たら渡す」

「もう魔女に頼むのはやめるの？」

「……うん。兄ちゃんとも、あれからその話はしてないし」

あの日のあとも慶彦の様子は相変わらずで、それが時生にはやはり不自然に見えるけれど、慶彦の感情を取り戻したいとはもう言えなくなっていた。

「情けないって思う？　自分から言い出したくせに、結局何もできないんだ」

自分で自分に笑ってしまう。結局、最初から上辺だけしか見ていなかったのだ。

慶彦を思っているつもりでいながら、彼の心の深いところまでを考えるには至らず、自分のやろうとしていることこそが正義だと思い込んでいた。馬鹿みたいだ。すべてが身勝手な偽善でしかなかったのに。

「思わないよ。誰かのために考えて、たくさん悩んでる人を、どうして情けないなんて思える？」

理紗が眉間に皺を寄せて時生を睨んでいる。

「てかさ、その発言あたしを馬鹿にしてるよね。時生はあたしをそんな女だって思ってるわけ？」

「あ、いや、別にそういうわけじゃ」

「あたしが時生の頑張りを否定するわけないでしょうが。方法がどうあれ結果がどうあれ、時生が慶彦さんのために行動してたことには違いないし。それが相手に迷惑をかけたなら話は別だけど、慶彦さんはそういうふうに思う人じゃないでしょ」

「……どうだろ、そうかな?」

「時生の思いは慶彦さんも受け取ってるって。だからそんなにしょげることないよ。ほら、元気出して」

理紗に背中を叩かれ、時生はつい泣いてしまいそうになった。

誤魔化すように鼻を啜り、長く息を吐く。

「もしも理紗がいなくなったら、たぶんおれは塞《ふさ》ぎ込んだまま、前を向けないよ」

最近考えるようになった。由夏は時生にとっても大事な人だったが、慶彦が抱くほどの思いを持っていたわけではない。由夏を失っても、時生は心底から慶彦に共感することはできない。

なら、もしも理紗が死んでしまったらと考えた。考えたら、今の慶彦の気持ちが痛いほどにわかってしまった。理紗がいなくなったら、きっと息もできない。理紗を失った世界での生きていき方がわからない。

「そうだろうね。時生はあたしが死んだら、五年は泣き続けそうだよ。いろんな人の手を借りないと日常生活もままならないような廃人になりそう」

「……否定できないのが嫌だ」

「だからあたしは意地でも百年先まで時生のそばにいてあげるつもりだけどさ」

　でも、と理紗は、少しだけ声の調子を変えて続けた。

「人生何が起こるかわからないからね。もしものことがあったとして、そのときは、あたしがいなくても時生にはしっかり生きてほしいって思うよ」

　言っている内容のわりに、理紗の表情は晴れやかだ。対して時生は眉を八の字にしてしまう。

「できるかなあ」

「やりなさい」

「理紗の分まで？」

「そうじゃない。あたしの分とかじゃなくて、時生の人生を歩いてほしいの。あたしのいない未来で、時生の心の中にあたしがいなくなっても構わない。時生があたしを忘れることよりも、いつまでも前を向けずに立ち止まってることのほうがずっと悲しいから」

　時生は、足を止めた。気づいた理紗も数歩先で止まり、時生を振り返る。

「……理紗はおれに、自分のいない未来を、前向きに生きてほしい？」

「うん。絶対に」

「できるかなあ」

「あはは、だからやりなさいって言ってるのに。仕方ないな、じゃあ、あたしが先に死ぬことがあれば、時生がちゃんと歩き出せるよう、背中を押せるものを何か残しておいてあげないとね」

向かい合う瞳が柔らかく笑んだ。

手袋越しに手を繋ぎ、自分よりも小さな体に引かれて歩き出す。

理紗が、赤くした鼻の先を上へ向けた。つられて時生も空を見上げる。今日は雲がひとつもなかった。今が永遠に続けばと願いたくなるほどの晴天だ。

「由夏さんも、きっとこんな気持ちだったと思う」

理紗が独《ひと》り言《ご》つように呟いた。


夜、時生は由夏の父から預かったオルゴールを箱から出してみることにした。

自室のドアがしっかり閉まっていることを確認し、袋から紙箱を取り出して机へ置く。

紙箱を開けると、木目の綺麗な木箱が収められていた。両手にのるほどの大きさの長方形の箱だ。蓋を開けると、中に音の鳴る機械が入っている。スタンダードな形状のオルゴールだった。

「へえ、結構立派だなあ」

しかしこのオルゴールが慶彦に関係していると言えるところはやはり見つけられなかった。箱に名前が彫ってあるわけでもなく、中にメッセージカードが入っているわけでもない。なぜ由夏の父がこれを慶彦へ渡そうとしたのか、そしてなぜ由夏がこのオルゴールを大事に箱に入れて仕舞っていたのか、時生には答えを出せなかった。

「ちょっとくらい、鳴らしてもいいかな」

箱を持ち上げると、底の部分にゼンマイのネジが付いていた。時生は壊さないようにゆっくりとネジを回す。

じりり、じりり、とゼンマイの巻かれる音がする。

そして。

「……ん？」

オルゴールは鳴らなかった。

ゼンマイが巻けていないのだろうかと思ったが、ピンの埋め込まれた円柱の部品は確かに回転していた。ピンも弁を弾《はじ》いているように見える。

しかし、音が一切聞こえない。どれだけ耳を近づけても、小さな音すら鳴っていない。

「新品っぽいって言ってたはずだけど……」

故障しているのだろうか。もしかしたら、だから由夏はこれを使わずに仕舞っていたのかもしれない。

仕方ない、と時生はオルゴールの蓋を閉め、紙箱の中に丁寧に戻した。だがなんとなく引っ掛かり、少し考えてから部屋を出る。

一階へ下りると、慶彦が居間でテレビを見ていた。時生に気づいた慶彦は、変わらない笑顔をこちらへ向けた。

「何、夜食でも食べに来た？」

「いや、違くて。兄ちゃん、電話帳ってどこにあるか知らない？」

「そこの棚の下から二段目」

「あ、本当だ。さんきゅ」

時生は黄色い電話帳を手に持った。

そのまま居間を出ようとしたが、ふと、慶彦の横顔が目に留まり、立ち止まってしまう。

——兄ちゃん、今日は由夏さんの命日だよ。理紗と墓参りに行ってきたよ。兄ちゃんに渡してほしいって、親父《おやじ》さんから由夏さんの遺品を貰ってきたんだ。

慶彦にそう言いたかった。

言いたいだけで、もちろん口にすることはない。

「どうかした？」

すでにテレビへ戻っていた慶彦の視線が、もう一度時生へ向く。

「……ううん、なんでもない。おやすみ」

「おやすみ」

笑顔の兄へ笑顔を向け、時生は自分の部屋へ戻った。

由夏が死んで一年経ったこの日にも、慶彦の心に変化はなかった。

◇

電話帳で調べると、雲雀町にオルゴールを修理している店があることがわかった。

日曜日、時生はオルゴールをリュックサックに入れ、雲雀町へ出かけた。完璧な防寒でマウンテンバイクを走らせ二十分ほど、目的の店へ辿り着く。

線路沿いの商店街にひっそりと建つ、中古楽器の専門店だった。販売の他に楽器の修理を受けており、オルゴール修理も承っているとのことだ。

店の奥に作業台があり、汚れたエプロンを着けた中年の店員が座っていた。

「すみません、先日電話した者ですけど」

「ああ、オルゴール修理の。こちらへどうぞ。お品物を見せてもらえますか？」

「はい」

時生はオルゴールを店員に差し出し、音が鳴らないのだと伝える。電話口でも状況を話したが、それだけでは原因がわからないため、実際に確認してみる必要があると言われていた。

店員は「ちょっと見てみますね」とオルゴールのゼンマイを少しだけ巻く。オルゴールは動き出す。やはり、音は一切鳴らない。

「んん……これは」

店員は首を捻《ひね》り、道具箱からいくつかの工具を取り出した。

「ちょっとばらしてみてもいいですか？」

「あ、はい。お願いします」

「お呼びしますので、店内を見てお待ちください。少しくらいなら楽器を弾いてももらっても大丈夫ですよ」

　そう言われても時生は楽器などひとつも弾けなかった。店員は背中を丸めて台に向き合い、作業を開始している。時生は、一番値段の安いギターを手に取り、それらしく弦を弾いてみた。馬鹿にされているような音が響いて、すぐにやめた。

　それから十五分ほど待ち、壁にかかったバイオリンをぼうっと見ていたときに、店員に声をかけられた。

　直ったのかと喜びながら振り向いたが、店員の表情は曇っている。

「……すみません。これは、直せないかもしれないです」

「そんなに壊れちゃってるんですか？」

「いえ、そうではなくて……」

　店員は、すでに組み直されているオルゴールを時生の前に置いた。

「これね、どこを見ても壊れてないんですよ。正常なんです」

「え、でも、音が出ないのに」

「そう。正常なのに音だけが出ないんです。そういうふうに作られているわけでもなさそうで。だから、音が出ないわけがないんです。でも音が出ない」

　見ていてくださいね、と店員がゼンマイを巻く。

「シリンダーが回ると、ピンがこの振動板っていう、いわゆるピアノの鍵盤《けんばん》みたいなやつを弾いて音を鳴らすんですけどね、ほら、きちんと弾いているじゃないですか」

　本来ならこれで音が鳴っているはずだと言う。だがやはり、オルゴールは無音のままである。

「振動板自体は外して弾いてみたら音が出たので、不具合はないはずなんです。他のところも気になる箇所はありませんでした。本当に、どこがおかしいのかわからない。まるでぴしゃりと音が遮断されているみたいだ」

「音が、遮断……」

「長年やっていて、こんなのは初めてです。しばらくお預かりしてもっと慎重に調べることもできますが、正直、そうしたとしても結果は同じかと」

　店員はオルゴールが止まるのを待ち、蓋を閉じた。

「申し訳ないです。ちょっと私にはお手上げですね」

　言葉どおりの表情を浮かべる店員を見ていたら、「そうですか」と言うしかなかった。時生はオルゴールを仕舞い、店員に頭を下げ、店を出た。

真っ直ぐ家に帰る気にならず、適当に雲雀町内をサイクリングすることにした。坂をのぼったりくだったりしながらどこを目指すでもなく走り、そのうち休業日のブティックの隣にあった自販機の前でマウンテンバイクを止めた。あたたかい缶コーヒーを買い、自販機の横に座って休憩をとる。着込んでいても、長時間自転車を走らせていれば、さすがに体は芯まで冷える。ホットコーヒーが身に沁みた。時生はちまちまと缶の中身を飲みながら止まらない鼻水を啜り、正面にある建物の外壁の汚れをぼんやり眺めていた。

「やあ、時生」

ふいに呼ばれ振り返る。路地の奥から、見覚えのある人物が歩いてきていた。

「あ、えっと、あんたは……」

〈雲雀坂の魔女〉だ。名前は確か、翠と言った。前に会ったときに着ていた深い緑色のローブの上から、さらに赤と黒の千鳥格子のポンチョを羽織っている。

「翠、だっけ。奇遇だな、こんなところで会うなんて」

魔女が町中を普通にうろついていることに驚いてしまった。けれどよくよく考えてみれば、魔女だって生きて、ここで生活しているのだから、どこかに買い物に行ったり遊びに出かけたりすることもあるだろう。

「時生は、何か用事でも？」

「まあ、そんな感じ」

へえ、と興味があるのかないのか呟いて、翠は止めていた足を踏み出す。立ち去るのかと思ったら、横の自販機で飲み物を買い、そのうえ時生の隣に座って缶を開け出した。ぎょっとする時生を尻目に、翠は湯気の立つカフェオレをぐびりと飲む。

「寒いときは、あたたかいものが美味しいね。暑いときは、冷たいものが美味しいのにね」

「……そうだね」

可愛い女の子がすぐそばにいれば嬉しくもなりそうだが、それが魔女だと思うと種類の違う緊張が走り、どうにも素直に喜べない。

この状況はなんなのだろうと思いながら、時生は冷め始めた缶の残りを一気に飲み干した。手持無沙汰に空になった缶を押す。スチール缶は硬くて、潰そうとしてもへこまない。

「あれから店に来ないけれど、もう魔法は必要ないの？」

翠の問いに、時生は曖昧に頷く。

「ああ、うん……もう、いいや」

「そう」

翠はそれ以上追求する気もないようだった。

時生は空の缶の表面を強く撫で続ける。

「あのさ、翠に魔法で治してもらいたかったの、おれの兄ちゃんだって言っただろ？」

沈黙が苦しくてなんとなく話し始めた。翠はとくに抑揚もなく「ああ」と相槌を打つ。

「その兄ちゃんの亡くなった恋人が持ってたオルゴールを預かったんだけどさ、なんでか音が鳴らなくて。それで今日修理に来たんだけど、結局直せなかったんだよね」

「オルゴール？」

「うん。音が鳴らない原因がわかんないんだよ。あ、でも翠なら魔法で直せるのかな。なんて、冗談だからな、さすがにこんなことで魔法を頼ろうなんて思ってねえから」

このオルゴールに強い思い入れでもあれば話は別だが、由夏から直接渡されたわけでもない物に対し、そこまでの思いは湧かなかった。雲雀町の修理屋を訪ねたのも、一応はと思ったからであって、そこで駄目だった今、他のところへ持っていく気もない。

「ねえ、そのオルゴール、ちょっと見せて」

翠に言われ、時生は右手を振る。

「本当に冗談だって。直んないなら、別にそれで仕方ないと思ってるから」

「違うよ。そのオルゴール、壊れていないかもしれないから」

「え？」

翠は真剣な表情で時生を見上げている。

時生は首を傾げながらも背負っていたリュックサックを下ろし、チェック柄のキルティングの袋を取り出した。柔らかい綿に包まれていたオルゴールは傷ひとつ付いていない。

「はい、これだけど」

オルゴールを渡すと、翠は指の先で木目をなぞるように撫でた。

「ああやっぱり、これ、魔法がかかっているよ」

「は？　えっ？」

「音が出ない魔法。正しく言うと、持ち主がゼンマイを巻いたときにしか音が出ない魔法」

　そのためこれまでは鳴らなかったのだと翠は言う。

「持ち主？　え、ちょっと待って、魔法って言った？　それ本当？　間違いない？」

「ああ、間違いない。だって、これに魔法をかけたのは、私だから」

　時生は口をあんぐり開けた。言葉が出なくなるほど思いがけないことを知らされたが、知らせた本人はなんでもないことのように話を続ける。

「一年前に、由夏がこれを持って付添人と一緒に店に来たんだよ。このオルゴールに、持ち主にしか音を鳴らせない仕掛けをしてほしいとね。私は由夏の頼みを受け入れ、オルゴールに魔法をかけた」

　翠が言ったのは、確かに慶彦の恋人の名だった。時生は由夏の名を翠に教えていない。ならば、由夏が生前に翠の店を訪ねたというのは本当だろう。

　もちろん、そんな話は一度も聞いたことがなかった。由夏からも、慶彦からも。

「まさか、魔法が」

　さすがにその考えには至らなかった。経験豊富な修理屋も白旗を上げるわけだ。魔法が原因であれば、人間には直しようがない。

「なんで、由夏さんはそんな魔法を？」

「とくに深い意味はないけれど、そのほうが特別感が出るし、何より面白いからと言っていたね。誰が鳴らそうとしても鳴らないのに、自分のためだけには鳴るなんて、ロマンチックだろうって」

「うわあ……言いそう」

真面目に見えて愉快なところもあった人だ。悪戯っ子のように笑っている姿が目に浮かぶ。きっと、いいことを思いついた、とでも言いながら意気揚々《いきようよう》と魔女に会いに行ったのだろう。もしかしたら、頼むだけで満足するつもりで、本当に魔法をかけてもらえるとは思っていなかったかもしれない。

「持ち主、か」

返されたオルゴールの蓋を開ける。ネジを回せば動き出し、優しい音を奏でるはずの機械。いや、オルゴールは確かに動いていたのだから、今までだって音楽を演奏し続けていたはずだ。その音が、こちらへ届くことがなかっただけで。

「ならこのオルゴールは、もう何をしても二度と鳴らないんだな。それを知れたらきっぱり諦《あきら》めつくよ」

時生はため息まじりに呟く。

すると、翠が「どうして？」と訊いてきた。

「いや、どうしてって、何に対して？　鳴らないこと？　諦めつくこと？」

「鳴らないこと」

「そりゃ、だって、持ち主がもういないからだよ。由夏さんは一年も前に死んだんだ。たぶん、翠の店を訪ねて間もなく」

だからこのオルゴールは鳴らない。

時生はそう考えていたのだが。

「ああ、確かに由夏は死んでしまったね。でも、持ち主は生きているよ」

翠ははっきりとそう言った。

「え、それってどういう……生きてるって、つまりオルゴールの持ち主は由夏さんじゃないってことか？」

「そのとおりさ」

「けど、これ由夏さんが持ってたんだよ。由夏さんの親父さんから、遺品を整理してたときに見つけたって渡されたんだ」

つまり由夏の物だろう。もちろん、今オルゴールを手にしている時生の物ではないのは確実だ。時生の手ではオルゴールは鳴らなかったのだから。

「あ、もしかして、今の持ち主は由夏さんの親父さん？　亡くなった由夏さんの持ち物は、きっと家族の物ってことになるわけだし」

「さてどうだろう。ねえ時生、重要なのは、これが誰のためにあるかということさ」

「誰のために？」

「ああ。由夏が誰のためにこのオルゴールを用意し、渡そうとしていたか」

時生ははっとした。

一年前。亡くなる直前。おそらくもう死を覚悟していたはずの由夏が、なんのために……誰のためにこのオルゴールを残したのか。

時生は、理紗が言っていたことを思い出す。

――あたしがいなくても時生にはしっかり生きてほしいって思うよ。

――あたしが先に死ぬことがあれば、時生がちゃんと歩き出せるよう、背中を押せるものを何か残しておいてあげないとね。

「由夏は言っていた。もうすぐ死ぬのだと。ひとりでは歩けない痩せ細った身で、それは誰が見ても明らかだった。付添人は病院の人だったよ。無理を言って、病院を抜け出してきたそうだ」

「……」

「彼女が魔法をかけてほしいと言ったとき、私は彼女の体に関することかと思った。そうだとしたら、私は彼女の願いを叶えなかっただろう。でも、由夏はこのオルゴールを私に差し出してきたのさ。もしかしたら、必要ないかもしれないけれど、いつか必要になる日のために用意しているのだと、由夏は言った」

由夏は、自分がいなくなった未来で、大切な人がどうしても前を向けないことがあったら、自分の代わりに背中を押してあげられるものが必要だと思ったのだ。

何がいいかと考えて、考えて、オルゴールを選んだ。なぜかと言えば、自分が同じ経験をしたからだった。

病が発覚し自暴自棄になっていたとき、恋人からオルゴールを贈られた。滅多に贈り物などしない人だから嬉しさを感じなかったわけではないが、こんなものはなんの役にも立たない、こんなもので病気がよくなることはないのだからと、冷めた目で見てもいた。

何日か置いたあと、病院の個室の隅で、なんとなくゼンマイを巻いた。流れたのは、恋人とよく聴いた外国の古い音楽だった。

やはりオルゴールは由夏の体になんの影響も及ぼさなかった。病巣は小さくならず、痛みも吐き気も収まらず、体力は戻らず、点滴は外せない。けれど、いつの間にか涙を流していた由夏は、泣いて、音楽が止まっても泣いて、泣き続けて、泣き終わったあとには、頑張ろうと思えていた。

腐っていたって何も変わりはしない。自分には一緒に泣いて苦しんでくれる人がいる。だからこそ、もう泣くのはやめて前を向こう。最後の最後まで生き抜こうと、不思議と強くそう思えたのだ。

結局、病気は治ることはなかったけれど。由夏は乗り越えられなかったとは思っていない。だって残りの人生を、大切な人と一緒にきちんと笑って生きられたから。

大丈夫。顔を上げて。

自分のいない未来で俯く人へ、そう伝えたかった。

いつか、彼が立ち止まるときがあれば、このオルゴールが彼の背中を押してくれるだろう。頑張る姿を誰よりもそばで見守っていてくれた人だから、必ず伝わると信じている。

——遠く離れても、あなたが忘れても、いつでもあなたの幸せを願っている。

だから心配しないで、自分の道を生きて。

そう祈りを込めて、由夏は未来へ、このオルゴールを残したのだ。

「渡す機会を逃して逝ってしまったんだね。いや、違うかな。彼女は、きっと誰かが必要なときに彼のもとへ届けてくれると信じていたんだ」

「……」

「時生、このオルゴールの持ち主は、今これを必要としているはずだよ。私の魔法ではなくね」

時生はオルゴールを両手できつく抱え、頷いた。何かが零れないよう、必死に唇を嚙みながら。

オルゴールの持ち主が誰であるかはもうわかっていた。そして翠の言うとおり、その人は今、このオルゴールを――由夏の思いを、必要としている。

「でも少しだけ、お節介を焼こうか」

翠がオルゴールの蓋を開ける。

なんだろうと思う時生に、翠は「そのまま持っていて」と言い、ローブの袖から出した白い右手をオルゴールへとかざした。

するとオルゴールの輪郭が淡い薄緑の光を放ち始めた。

同時に、翠の鳥かご型のペンダントも……その中に入っている深緑色の石も光り出す。眩《まぶ》しく、あたたかく、苛烈に、清く。空の日差しとも電球の灯りとも違う光が、溢れていく。

「ま、魔法？」

「思いは何よりも強い。けれど、言葉にしなければ伝わらないこともある。その言葉は時に、魔法よりも大きな奇跡を起こす」

光が強くなる。翠の赤い瞳が爛々《らんらん》と輝き、髪は重力を知らないようにざわりと浮かぶ。

時生は息を止めて奇跡の光景を見ていた。翠が、時生にわからない言葉で何かを囁《ささや》いた。

そして。

「前に進むも立ち止まるも、本人が決めることさ」

オルゴールを覆っていた光が消えた。

翠は一度ゆっくりと瞬きをして、作り物のように美しい、けれど生き物のあたたかさを確かに湛えた瞳で、時生を見つめる。

「ただ、誰かに背を押され、手を引かれないと、歩き出せないときもある」

その言葉に、背を押された。大事な人の手を取りに行くために。

「ありがと、翠」

返事はなかった。ほしいわけでもなかった。

時生は振り返らずに急いだ。今すぐに、会わなければいけない人のいる場所へ。


本当は、自分だけの力で兄の心を救ってあげられたらと思っていた。

死んでしまった人は何もできない。そばにもいてくれない。それなのにもういない人に固執するから心が傷つき続けるのだ。だから、生きている人間がなんとかするしかないのだと思っていた。

でも結局、誰もが誰かの代わりにはなれない。それぞれに違う役割があり、相手を満たす部分も違う。由夏を失ったことで空いた穴は、時生では埋めることができないのだ。

もしもいつか慶彦が、由夏と同じくらいに愛することのできる人に出会えたら、少しずつ埋まっていくのかもしれないけれど。

それまでは、由夏の置いていった愛に頼らせてほしい。

――あなたから預かったその思いは必ず、届けたかった相手のもとへ運んでみせるから。

自分は自分の、役割を果たそうと思う。

「兄ちゃん」

帰宅した時生は上着も脱がず、真っ先に兄の部屋のドアを叩いた。相変わらずの穏やかな声で返事が聞こえ、ドアを開けると、慶彦が笑顔で待っていた。

「どうしたの、時生」

「兄ちゃんに渡さなきゃいけないものがある」

時生はカーペットの上に乱暴に座り手袋を投げ捨て、かじかんだ手でオルゴールを差し出した。慶彦はなんの疑問もない様子でそれを受け取った。

「時生からのプレゼント？ 嬉しいな」

「違う。おれからじゃない。由夏さんからだ」

「由夏？」

慶彦は瞬きをした。

手元の木箱に目を落とし、蓋を開ける。

「へえ、オルゴール」

ゼンマイの巻かれていないオルゴールは、ぴたりと動きを止めていた。どこも壊れていないから、ネジを回しさえすれば軽やかに音を鳴らすはずだった。

それでも時生はまだ一度も、このオルゴールの音色を聞いていない。

「どうして由夏が、おれにオルゴールをくれるんだろうね」

「わからない？」

「さあ。時生は理由を知ってるの？」

「知ってるとまでは言えないよ。おれよりも、兄ちゃんのほうが知ってるはずだ」

慶彦は首を傾げ、箱の縁を指先でなぞった。口元に微笑みを浮かべた表情からは、思考をうまく読み取ることができない。

「裏にゼンマイのネジがある。回して」

時生に言われるがまま、慶彦は箱を傾けネジに触れた。しかし、回そうとしていた手がふいに止まる。

慶彦は、初めて目にするはずの、由夏が残したオルゴールを見ている。

「おれも由夏に、オルゴールをあげたことがあるよ」

呟かれた言葉に、時生は咄嗟に唇を結んだ。慶彦に気づかれないよう、震える息を少しずつ吐き出す。

胸に手を当てた。生きている音が、手のひらから伝わっていた。生きている。自分も、慶彦も。

生きていくのは辛いことばかりだ。だって、何かと出会ったその瞬間から、別れが待ち受けているのだから。大切なものを失い、乗り越えられないほどの悲しみに襲われても、その思いと共に生き続けなければいけないのだから。

そして、大切なものは、まるで他人事のように、自分を失ってもなお、生きろと言うのだから。

「兄ちゃん。音を鳴らして」

慶彦の視線が時生へ向いた。時生が頷くと、慶彦も真似するように首を振った。

ゆっくりとネジが回る。ジリリ、ジリリ。ネジの音は、オルゴールが歌うための準備をしている合図だ。

そして、ゼンマイを巻き終えたオルゴールは――

――音を、鳴らした。

空から雫が落ちてきたような、優しい音だった。

「……」

聴いたことがある曲だ。どこで耳にしたのだろうと考えて、先日この部屋のレコードから流れていた歌だと思い出した。

時生は慶彦を見ていた。慶彦は、手の中にある箱を見つめていた。

二度、三度と、慶彦が瞬きをする。伏せられた睫毛《まつげ》の先と、その奥の瞳がかすかに揺れる。

流れる音楽は悲しい曲ではない。むしろ心を落ち着かせる穏やかな調べだ。しかし慶彦の笑みは消えていく。徐々に表情が歪み、眉根を寄せ、唇を震わし、背中を丸め俯いて、でも、手に持ったオルゴールだけは決して離さずに。

「由夏」

薄く開いた唇の隙間から、ここにいない人の名前が呼ばれた。

……〈雲雀坂の魔女〉は、オルゴールにふたつの魔法をかけた。

ひとつ目は、一年前に由夏の頼みを聞いてかけた『持ち主だけが音を鳴らすことのできる魔法』。

ふたつ目は、時生の前で、翠が自分の意思でかけた『たった一度だけ物に込められた思いが言葉となって伝わる魔法』。

「……由夏」

慶彦の声に、長い間消えていた温度が滲む。悲しみを忘れ、喜び以外の感情を捨て、傷ついた自分の心を守るために、愛しいという思いすら忘れようとしていた相手の名を、慶彦は何度も繰り返し呼び続ける。

オルゴールは、響き続ける。

――未来にわたしはいないでしょう。ふたりで歩むはずだったその場所で、あなたひとりになったとしても、しっかりと自分の足で立って振り向かずにいてほしい。それこそが彼女の願いだった。精一杯生きた彼女の、最後の祈りだった。

――でも、寂しがりなあなたのことだから、悲しみに覆われて動けなくなってしまうことがあるかもしれない。

だから、ふたりの思い出の曲の流れるオルゴールを買った。渡したい相手にも、他の誰にも秘密にしていた。もしも必要なければそれでいいと思っていた。不要になればいいとも思っていた。

ただ、彼が必要としたときには、きっとその手に渡り、彼を支えるはずだと、由夏は信じていた。慶彦に支えられ幸福な日々を送れたように。自分もまた、いつだって慶彦の幸せだけを願いながら。

この音に、思いを乗せた。

――いつでもあなたのそばにいるからね。

だから安心して、前を向いてと。そう伝えるように最後の音が鳴り、余韻と共にオルゴールは止まった。

静かになった部屋で、時生はただ、慶彦を見ていた。

慶彦は泣いていた。目に浮かんだ涙は瞬きのたびに溢れて落ちた。湧いて、落ちて、また湧いて。一年間せき止め続けていた感情が、何より綺麗な雫となってとめどなく溢れていく。

「由夏ぁ……」

慶彦は、オルゴールを抱きかかえながら泣いた。

子どものように声を上げ、流れる涙を拭うこともなく、感情のままに泣き続けた。

「兄ちゃん」

時生は兄をきつく抱き締める。由夏の葬式のときにはしてやれなかったことだ。

慶彦の泣く声に胸が張り裂けそうだった。慶彦が一年間忘れていた悲しみや憤りが、大波のように慶彦の心に押し寄せているのだ。どれほど辛いことだろう。泣いても泣いても治まらないだろう。

でも、今慶彦が感じているのは痛みを伴う感情だけではない。

だから、きっと大丈夫だ。

——兄ちゃんは……おれたちは、もう大丈夫だ。

この涙を流し終えたら、必ず顔を上げられる。

未来を生きていけると、時生は、そう思った。

◇

昨日までの寒さが嘘のようにあたたかな二月の下旬。

そこらで梅が咲き始め、少しずつ季節は冬から春へ変わる準備を始めている。

「兄ちゃん、こっち」

駆け足で先に着いた時生は、あとから来る慶彦を手招きする。慶彦は困った顔で笑いながら、細い通り道を真っ直ぐに歩いてくる。

「ここが、由夏さんのお墓だよ」

由夏の眠る御影石は、汚れひとつなく丁寧に磨かれていた。命日のあとにまた誰かが来たのだろうか、瑞々しい花が活けられている。

慶彦は、左側の花立に赤いバラを一本差した。それだけで印象が変わる鮮烈な花だ。ここで眠る人に、よく似合っている気がする。

「由夏、来るのが遅くなってごめんね」

慶彦は墓石に声をかける。返事は戻ってこない。

「なんてな。こんなつまらないところに、きっとおまえはいないんだろうけどさ」

「はは、確かにね。由夏さんこんなとこで大人しくできる柄じゃねえもん」

「いいのか時生、たぶん今それ由夏に聞かれてるぞ。今夜おまえの寝てるところにそっと遊びに来るかもよ」

「いいよ。由夏さんになら夜這いに来られても。むしろ大歓迎ってな」

「今の理紗ちゃんに言っちゃおうかな」

「それは！　やめて！」

ふたりして笑い合い、どちらともなく墓に向かって手を合わせる。

春を待つ風が吹き、時生は目を開けた。隣を見ると、慶彦はまだ両手を合わせて瞼を閉じていた。少しして、慶彦も顔を上げる。

こちらを向いた慶彦は晴れやかに笑っていた。笑うことしかできなかったときとは違う笑みだった。

「兄ちゃん、由夏さんになんて言ったの？」

「ん？　まあ、ごめんねとか、ありがとうとか、いろいろ。時生は？」

「おれもそんな感じ」

感謝しきれないほどの感謝と、未来への希望と、きっといつまでもあなたを忘れないと。

墓に向かって言ったことを、時生はもう一度、青空へ手をかざしながら心の中で呟く。

「また来るよ、由夏」

そして歩き出す兄の背を追う。

冬は、ようやく明けようとしている。

第五話　雲雀坂の魔法使い

そこは、ごく普通の小さな町だった。

緩やかな丘に沿うようにつくられた町で、坂の多さを自慢する人もいれば、不便に思う人もいる。娯楽が少なく、どこかのんびりした気風の、特別目立ったところもないありふれた田舎の土地だった。

雲雀町というその町の、雲雀坂という坂の途中に、雲雀坂魔法店という、魔女の営む店がある。

魔女が店を始めたのはいつの頃だったか。長いというほど長くもないが、町民に訊ねても答えられる者が少ないくらいの時なら経っていた。

魔女は気ままに店を切り盛りし、植物を育て薬を作り、魔法を求めてやってくる人間をあしらったり、時々頼みを聞いてやったりしながら、たったひとりでのんびりと暮らしていたのだった。


「ここが〈雲雀坂の魔女〉がいるところだよ」

村木《むらき》という男が槙《しん》に言った。

槙は目の前の建物を見上げる。魔女の住む家と聞き、おどろおどろしい館を想像していたが、そこは鮮やかな花に飾られたこぢんまりとした木の小屋だった。透明な硝子の張った窓がふたつあり、三角の屋根は隣の敷地から生える大きな木の陰になっている。下げられた鉄製の看板には、店の名前が書かれていた。雲雀坂魔法店という名前は、すでに知らされている。

「〈雲雀坂の魔女〉はね、全然怖くないからね。たぶん。優しいよ。おそらく。少なくとも、この町の人たちからはとても慕われている」

村木はにいっと不器用な笑みを見せ、槙の手を握り直した。

「さあ槙くん、入ろう。魔女もきっときみを待っている」

槙は握り返さないまま、村木に続いて三段の階段をのぼった。俯いた視線の先に真新しい靴が映る。村木ではない別の職員から貰ったものだ。靴の履き方もわからなかった槙に左右の見分け方を教えてくれたのはまた別の人だった。紐の結び方を教えてくれたのは、隣にいる村木だ。

村木がドアを開ける。感じたことのない柔らかな風が、そっと槙の肌を撫でる。

「ごめんください」

がらんと音が鳴って槙は驚いた。見上げると、ドアに小さな鐘のようなものが付いていた。なんのためにあるのだろう。槙にはよくわからなかった。

「〈雲雀坂の魔女〉さん、お待たせしてすみません。先日はどうも。『ほたるの家』

の村木です」

「やあ、いらっしゃい。別に待ってないよ」

「時間的な意味でですか？　それともぼくが来ることを待ってないって意味ですか？」

「両方さ」

槙は、植物だらけの店内を見回してから、村木が話をしていた相手へ目を向ける。

槙の目線ほどの高さのカウンターの向こうに、少女がひとり立っていた。長く緩やかに波打った髪を持つ、美しい少女だった。槙は人の美醜がわからなかったが、それでも綺麗だと思った。まるで施設で見せてもらった絵本に出てくるお姫様のようだ。

もっとも、そう見えるのは彼女の顔立ちだけであり、整った顔で浮かべる表情はお姫様らしいとは到底思えなかったが。

「その子が例の？」

カウンターに頬杖を突き、魔女は小さな笑みを浮かべながら槙を見た。

「はい。うちで預かっている槙くんです。歳は六歳」

「やあ、こんにちは。私が〈雲雀坂の魔女〉だよ」

　槙はびくりと肩を揺らし、少しずつ視線を下げる。

「すみません。まだ人と関わることが難しいみたいで。槙くん、大丈夫だよ」

　安心させるように村木が槙の頭を撫でた。

「うちで過ごした半年でだいぶ慣れてくれたんですけど、知らない人相手には、まだちょっと」

「私は人じゃない。魔女だよ」

「いやまあ、そうですけど。そうではなく」

「ねえ、きみも魔法使いなんでしょう。私と一緒だね」

　魔女は、村木にかけるのとまったく変わらない声色で槙に話しかける。

　槙は、一緒、という魔女の言葉を心の中で繰り返した。村木も、施設の他の職員も、子どもたちも……両親までも槙とは違った。けれどこの魔女は一緒なのだ。

「ふうん、いい色の瞳をしているね。まあ、私ほどではないけれど」

　魔女は、巧みに計算し尽くし作られたような美しい容姿をしていた。そして彼女と同じく槙もまた、誰もが振り向き見惚れるような美少年だった。人並み外れた美貌は、人ではない証だった。槙が、魔法使いである証だ。

「……」

槙は恐る恐る顔を上げる。目が合うと、魔女はわずかに吊りがちの大きな目を緩く細めた。

「気分の落ち着くお茶を淹れてあげよう。飲みやすいようミルクティーにしようね。私のお茶は、とても美味しいんだよ」

カウンター前に置かれた椅子に村木が座る。槙も村木に促され、隣に腰かけた。

魔女の店は不思議な場所だった。床にたくさんの植物が置かれ、天井からも鉢が吊り下げられている。右手側の壁には瓶に入った謎の物体が並べられ、左手側は、無数の引き出しが付いた巨大な棚が設置してあった。

「はい、どうぞ」

ほんのり湯気の立ったマグカップが槙の前に置かれる。槙は何度か液面に息を吹きかけてから、カップに口を付けた。初めて飲んだミルクティーは、施設で出されるココアが甘すぎると思っていた槙の好みによく合っていた。

「きみ、人間の両親から生まれたんだって？」

カウンターに置いた両腕に顎を乗せ、魔女が上目で槙を見上げる。

「珍しいね。両親とも人間だと、滅多に魔法使いは生まれないんだ」

「……」

「それで、虐待だか、育児放棄だかされていたんだっけ」

「ちょ、ちょっと、本人の前でそんなこと！」

村木が慌てて魔女を止める。魔女はビー玉のような瞳だけを村木へ向ける。

「本人の前だからだよ。この子のことは、この子のいるところで話すべきじゃないの？」

「話す内容にもよるでしょう。何を考えているんですか。槙くんは魔法使いと言ってもね、まだ六歳なんですよ」

魔女は上唇を尖らせながら槙を見た。槙は両手に持ったマグカップ越しに魔女と目を合わせ、そして隣の村木へ視線を送る。

「……大丈夫、だよ」

「え？」

「話していいよ。ぼくのこと」

村木が目を丸くした。何も言わないまま口を開けたり閉じたりして、どうするべきかと必死に考えているようだ。

やがて脳内で答えが出たらしい。深いため息を吐き出した。

「そのとおりです。槙くんは人間のご両親から生まれました。事もあろうにそのご両親が反魔法主義の人たちで、槙くんは生まれたときから自宅の地下に監禁されていたんです」

村木は槙のことを魔女に語る。

「反魔法主義か。どこにでもいるものだね。考え方はそれぞれだから別にいいけど」

「考え方自体はぼくだって構いません。でもそれは他者の人権を侵害していい理由にはならない」

「それはそうだね」

「両親がこの子の命を奪わなかったのは愛情からではなく、反魔法主義の中でも、魔法使いは呪いの化身であるという思想に属していたからです。魔法使いを殺せば呪われる、そう考えていたから、生かしたまま閉じ込めていたんですよ」

「へえ。面白い考え方だ」

村木が魔女を睨んだ。魔女は毛ほども気にしていないようだ。

「まあ、その思想のおかげで身体的な暴力をほとんど受けていなかったのだけは不幸中の幸いかもしれませんが」

「透明人間のように扱われていたということだね。で、無事に見つけ出されて保護され、きみたちの孤児院に引き取られたと」

「今は養護施設という名称です」

「中身は一緒でしょう」

「そうですけど」

　魔女は首を左右に揺らしながら、じっと槙を見つめている。槙は目を合わせたり逸らしたりしながら、ちまちまとミルクティーを飲んでいる。

「学校にも行っていなかったんでしょう。教養はどれくらいあるの？」

「文字の読み書きなら年相応にできます。あとは、簡単な算数も」

「親が教えていたの？」

「いや、うちで引き取ってから教えました。驚きましたよ、飲み込みが異様に早くて。本だって読んだ端から覚えてしまうし、子どもが読むには難しい本だってすら読んでしまうんです。半年前までなんの教育も受けていなかったとは思えないほど」

「そりゃ、魔法使いだからね」

　魔女は体を起こし、後ろにあるガスコンロにマッチで火を点けた。置いてある鍋には槙と村木に振る舞ったミルクティーの残りが入っている。魔女は鍋の中身を温め直してからカップに入れ、自分で飲み始めた。

「うん。美味しい。やっぱり私のお茶は世界一だ」

「それで、あの、〈雲雀坂の魔女〉さん」

村木が下から覗き込むように声をかける。

「何？」

「槙くんを引き取ってくださる件について、まだ明確なお返事をいただいてないのですが……」

「返事をしていないのに連れてくるって、どうかしてるよね」

「す、すみません。本当、そのとおりで、ぼくも上に掛け合ったんですが……」

「早く連れていけとでも言われた？」

「そ、それは……」

「まあいいよ。ちょうど弟子が欲しかったところだ。このまま引き取ろう」

「えっ、本当ですか！」

声を上げ、村木は槙に振り向いた。槙はマグカップを持ったまま魔女を見ている。

「どうせきみたちの手には負えない。魔法使いは、魔法使いとしての生き方を知らなければいけない」

「わかっています。だからぼくらもあなたに頼ったんだ。よかったね槙くん。寂しくなるけど、家が決まるのはいいことだから」

村木が槙の頭を撫でる。おそらく村木は、内心では〈雲雀坂の魔女〉へ槙を預けることに抵抗を持っているだろう。それを隠して魔女へ槙を託す理由は、槙が魔法使いだからに他ならない。養護施設で人間の子どもと同じように過ごし、人間の家庭に貰われ育てられるより、魔女のもとで暮らしたほうが槙のためであるとわかっているのだ。

「きっと、きみにとって最善の道だ」

槙は村木のことが嫌いではなかった。村木は優しい部類の人間だ。心根から槙を思いやってくれているのがわかる。

表面上の話ではない。槙には、今よりももっと幼い頃から人の心の内が見えていた。思考をはっきりと読めるわけではない。ただ、相手のことが手に取るようにわかるのだ。どんな名を持ち、何を思い、何を望み、どう生きてきたのかが。

実の両親が自分に愛情を持っていないどころか、嫌悪感を抱いていたことも物心つく前から知っていた。だから槙も親への執着はなかった。悪意に満ちた目でしか自分を見ない者たちに、心を寄せられるはずもない。愛されたいと思ったこともない。そのような人の子らしからぬところもまた、両親が槙を忌み嫌った理由のひとつなのかもしれないが。

「ねえ、何か書類とか書くの？　ハンコいる？」

〈雲雀坂の魔女〉が右手でペンを持つ仕草をする。

「あ、はい。ちょっと待ってくださいね」

「魔法使いの届け出？　そんなのあるんですか」

「していないならいい。私の仕事だ。魔法の世界にもね、自由でありながらも、一応の決まりがあるのさ」

「へえ、そうなんですか」

村木が鞄を探っている間に、魔女は身を乗り出して槙へ顔を近づける。

人間たちの心は手に取るようにわかった。でもこの魔女のことはなぜか何もわからなかった。

わかるのは、自分と同じ匂いがするということだけだ。そんな生き物に、槙は初めて出会った。

「やあ、きみは今日から問答無用で私の弟子だ。私のことは、師匠と呼ぶといいよ」

選べる道などない。槙にはこの魔女のもとに行くしかないのだ。

しかし、強制ではあっても、決して嫌ではなかった。

どこに行っても異質でしかなかった自分が、この魔女とならば同じでいられる。

不安がないわけではない。恐怖もなくはない。それでも槙は〈雲雀坂の魔女〉についていこうと思った。自分を受け入れてくれる存在が欲しかった。自分の居場所が欲しかった。

自分のことを、知りたかった。

「よろしく、お願いします。師匠」

〈雲雀坂の魔女〉が、にいっと笑った。

◇

師匠の住処《すみか》は、店舗の正面を除いた三方を背の高い椿《つばき》の生垣に囲まれている。細長い形の敷地で、店の裏口から外へ出ると、薬草畑を挟み、もう一軒小屋が建っているのが見えた。そこが師匠が住宅としている建物だ。

小屋の大きさは店舗よりも少し広いくらいだった。ドアの目の前にシンクと冷蔵庫があり、部屋の中央にはロッキングチェア、ぎっしり中身の詰まった背の高い本棚と、乾燥した植物や瓶や本などが散乱した机、それから家の雰囲気に合わない和《わ》箪笥《だんす》が、それぞれ壁に沿って置かれている。

机の横には屋根裏へ続く梯子もあった。屋根裏には布団を敷いているが、師匠はいつもロッキングチェアで寝てしまうため、ほとんど使っていないという。話し合うこともなく、屋根裏は槇の部屋ということになった。

「で、風呂とトイレ、洗濯場はすべて外ね。風呂は元々なかったんだけど、私が引っ越してきたときに増設したんだ。近所に銭湯もあるけどね、風呂はひとりでゆっくり入りたいでしょう」

三分もかからず住居の説明を終えた師匠は、続いて和箪笥を探り始めた。槇がちらと中を覗くと、ぐちゃぐちゃに服やら何やらが詰め込まれていた。師匠は整頓があまり得意ではないようだ。

「これを着てごらん」

師匠は和箪笥から発掘したものを槇へ渡す。深緑色のローブだ。師匠が着ている濃紺のローブと同じ形をしている。

「私が前に着ていたものなんだけど、そのうちきみ用のものを仕立ててあげるから、しばらくはそれで我慢して。ローブは魔法使いの正装だからね、なんでも形から入るのは大事だよ」

槙は言われたとおりローブを纏った。槙には大きすぎたため、師匠が袖を折り曲げてくれた。

「あと……確か予備を作っていたはずだけど……あ、あったあった」

師匠が箪笥の別の引き出しを探る。今度は着るものではなく、長い紐の付いた何かを手に持っていた。

「ねえきみ、石を持っているでしょう。出してごらん」

槙は驚いた。なぜ師匠が石のことを知っているのだろうと思った。

槙は村木に渡された荷物の中から、袋に入った小さな石を取り出した。この石は、槙が生まれたときから持っていたもの――母親の産道から出てきたその瞬間から、左手に握り締めていたものだった。

「……石って、これ？」

「そう、それだ。その石は、魔法使いにとってとても大事なものなんだ。ほら、私も同じものを持っている」

と、師匠は首から下げた鳥かご型のペンダントを槙に見せた。鳥かごの中には、槙のものと似た大きさの石が入っている。

「師匠のは、半透明？　薄い……白っぽい、色。ぼくのは、黒」

「いいや、違う。私のは白じゃないし、きみのも黒じゃない。日に当ててみれば、なんとなく色がわかるはずだよ」

貸して、と言われ、槙は師匠の手に石を置いた。師匠は窓際へ行き太陽の光の中に槙の石をかざす。

「んん、なるほど。いい色だね」

そして師匠は自分のものと同じ鳥かご型のペンダントに石を入れ、閉じてから紐を通し直し、槙の首にかけた。槙は小さな鳥かごを手の上に載せる。中の石が、ころりと揺れる。

「この石は〈ナディアの心臓〉と呼ばれていて、魔法使いも魔女も、必ずこの石を持って生まれる。私たちの命がある限り、この石がなくなることはない」

「……あの人たちに、何回も捨てられた。金づちで砕かれたこともある。でも、気づいたら、ぼくの手の中に戻ってきてた」

「そうでしょう。この石は、そういうものなんだ。不思議だけどね」

師匠は槙の石を、槙の小さな手ごと包み込んだ。

「なくならないからって、なくしていいわけじゃない。大事に持っておくといいよ」

槙は、自分の手に触れる温度を感じていた。村木の手よりも、養護施設で一緒に過ごした子どもたちの手よりも冷たい。けれど、間違いなくぬくもりがある。

「魔女の手って、あたたかいんだね」

槙が言うと、師匠は声を上げて笑った。槙は、笑われた理由がわからなかった。


その日から、槙の〈魔女の弟子〉としての日々が始まった。

朝は薬草畑で育てる薬草やハーブの世話から始まり、師匠とふたりで朝食をとってから家の掃除をする。槙にとって意外だったのは、そのすべてを師匠が自分の手で行っていることだった。畑の水やりや草取りも、料理も掃除も、一切に魔法を使わないのである。

「魔法は、使わないの？」

槙が素直に訊くと、師匠は「そうだね」と答えた。

「魔法は便利だけど、魔法じゃなくてもできることは、魔法ではしないよ」

「そうなんだ」

「それに、魔法じゃないとできないことなんて、実はとっても少ないんだ」

掃除を終えたら、次は師匠の営んでいる店を開ける。

〈雲雀坂魔法店〉は、師匠が育てた植物から作る商品を売っている店だ。店を始めた直後は噂を聞きつけた人が魔法の力を求め押し寄せたと言うが、今は至ってのんびりと、よく効く薬と美味しいお茶を売る店として営業している。

店の開店時間はまちまちだった。師匠の気まぐれで、朝早くから開けるときもあれば昼過ぎにやっとオープンする日もあり、日の入りとともに閉める日もあれば、夜中まで灯りを点けている日もあった。

師匠が店にいる間、槙もずっとカウンターの中に座っていた。槙は師匠の隣で、与えられた本を日がな一日読み続けていた。

師匠は槙にあらゆる書物を与え、必ず読んで身につけるようにと指示した。植物学から動物学、鉱物学、経済学に天文学、その他様々な学問の書籍に加え、魔法学の本も読まされた。

「いいかい。この本にはたくさんのことが書いてあるが、それでも世界中にある知識のほんのわずかしかない。この世にはもっともっと、いろんなことがある。私たちの知らないことも、この世の誰も知らないことも」

　槙は学ぶことが苦痛ではなかった。むしろとても楽しかった。本を読み、知識を得て、わからないことは師匠に聞けばなんでも教えてくれた。師匠の頭の中には、ぶ厚い本を何十冊積んでも及ばないほどの知識が詰め込まれていた。

「いつか私よりももっと多くのことを知るといいよ。きみにならきっとできるはずだ」

　槙が本をほとんど読み終えると、次に師匠は植物の扱いと薬の作り方についてを槙に教えた。

　魔法使いの特性は、魔法という奇跡の力を扱えることばかりではない。水や火、植物に風、空に動物など、自然に深く触れられる性質を持っており、かつてはそちらの能力のほうが重宝されていたことを、現代の人間はあまり知らない。

　ある者はあらゆる動物と心を通わせ、ある者は天候を読むのに長けていた。得意なことはそれぞれ異なり、師匠は、植物を見る目に優れていた。

「芍薬《しゃくやく》はどう使うんだった？」

「根を、乾燥させる」

「そうだね。じゃあ半夏《はんげ》は？」

師匠は、槙が自分と同じ性質を持っていると考えているようだった。槙自身はよくわからなかったが、確かに植物学やそれに伴う薬学などを学ぶことは他の学問よりも面白く感じていたし、植物を見るだけで、なんとなくそれをどう扱えばいいのかがわかるような気がした。

「きみは植物の声を聞くのが上手だね」

師匠にそう言われたことがある。それまで槙は、植物の声なんてものを意識したことがなかった。

「声？　別に聞こえないよ」

「本当にお喋りしてると言っているわけじゃない。でも、何を必要として、どう世話して、どう使えばいいかが直感的にわかるんだ。そうでしょう」

「そんな気も、するような、しないような」

「じゃあ今このハーブは何を考えている？」

「……いっぱいお日様を浴びたい」

「ははっ、いいね。それじゃあ今からみんなでひなたぼっこといこうか」

「師匠、ぼくらは日を浴びる必要ないよ」

「いいじゃないか。だって今日はこんなに天気がいい」

そう言いながら師匠が指さした空は、今にも落ちてきそうなぶ厚さだった。小さな庭から見上げる狭い空だ。でも槙には、とても大きく見えた。

師匠が芝生に寝転ぶ。そうすると、師匠の自慢の長い髪が草の上に綺麗に広がる。

「ぼくも、大きくなったら師匠みたいに髪を伸ばそうかな」

槙は少し照れながら言った。本当は、前から思っていたことだった。

「ああ、いいんじゃない？　きみの顔立ちや髪色なら、きっと短髪より長髪が似合う。まあ、短髪も似合うだろうけれど」

「でも、変じゃない？　施設では、子どもも大人も、男で髪が長い人はひとりもいなかった。店に来るお客さんだって」

「関係ないさ。きみがしたいようにすればいいんだ。それに世界には、髪の長い男なんていっぱいいるよ。そう言えば、昔私が華麗に振った魔法使いも腰まである髪をしていたね」

「へえ。そうなんだ」

「ああ、だからきみも伸ばしてみるといい。大きくなったら」

槙は、まだ短い自分の髪をくしゃりと握りながら頷いた。

師匠の隣に寝転ぶ。呼吸を繰り返すだけの、ゆっくりとした時間が過ぎる。何もしないことは、槙は得意だったけれど、師匠と出会う前までの何もしないことと、師匠と出会ってからの何もしないことは、全然違うもののように思えた。

「空って、青いんだね」

槙の呟きに師匠が笑う。

「そうだね。いい色だ。私は青色が一番好きだよ」

「そうなの？」

「だって綺麗でしょう」

「他の色も綺麗だよ」

「まあ、それはそうだけど」

師匠が目を瞑るから、槙も真似して瞼を閉じた。風の匂いや草の音が、普段よりもはっきりとわかる気がした。太陽の光が、瞼から透けて見えていた。

槙は、魔法使いとして生きていくために必要な知識を、師匠からたくさん教えてもらった。

しかし師匠は、魔法使いとしてもっと必要になるだろう魔法の使い方については、なかなか教えてくれなかった。

　ある日、店にひとりの客がやってきた。雲雀町に住んでいるという中年の女性だった。師匠は薬棚の中身をチェックしていて、槙はカウンターの中でいつものように本を読んでいた。

「数日前から、なんだか喉がつかえる感じがするの」

　と女性は師匠に相談した。薬を買いに来たようだ。

「医者には？」

「行ったけれど、何も異常はないって」

　ふうん、と師匠は呟く。こういうとき、師匠はすぐにその人に必要なものを用意するのだが、その日は違っていた。

　カウンター内に手ぶらで戻ってきた師匠は、槙の肩をつんと突く。

「きみ、こういう症状には何を混ぜればよかった？　考えて持ってきてごらん」

「え、でも……」

「心配しなくても、お客さんに渡す前に私がしっかり確認するから、大丈夫」

　槙はちらと女性を見る。

「ふふ、可愛い魔法使いさん、よろしくお願いします」

微笑まれ、槙は思わず俯きながらも、本を置いて立ち上がった。薬棚に向かい、何十とある引き出しの中から客の症状に合った薬を作るための材料を選び、取り出していく。

必要なものを椀に入れ、カウンターへ戻り師匠に見せた。師匠はひとつひとつ確認してから頷く。

「うん。種類も量も完璧だ」

よくやった、と褒《ほ》められ、槙は頬を赤くした。初めて客に出す薬を用意したのだ、今日は、忘れられない日になりそうだった。

「さて、仕上げは私の仕事だね」

師匠が椀に手をかざす。魔法語で呪文を唱えると、師匠のペンダントの石がほんの少しだけ薄青く光り、手のひらから同じ色の光の粒が溢れ降り注いだ。

師匠がまじないと呼んでいるものだ。これをすると、薬の効果がより発揮されるらしい。

「一日二回、食前に、水から煮出して飲んで」

「わかりました。どうもありがとう、いつも助かるわ」

包んだものを渡すと、女性は師匠に向かい頭を下げた。そして槙にも目を遣り、おもむろに手を伸ばす。

「あなたも、ありがとう」

咄嗟に目を閉じた槙の頭に、女性の手のひらが乗った。槙の丸い頭を優しく撫で、女性は笑顔で店を出て行った。

閉じたドアを見つめながら、心にふつとあたたかいものが芽生えているのに気づく。だが槙には、これをなんと言葉にしたらいいのかわからない。

「それはね、嬉しいって言うんだ」

師匠が言う。先ほど女性がしたように、師匠も槙の頭を撫でる。

「嬉しい……これが」

「そうだよ。ねえ、店をやるっていうのは、なかなかいいものだろう」

「……うん」

人からお礼を言われるのは嬉しいことだった。店とは、誰かに必要とされているからこそ成り立つ場所だ。自分のすることが誰かのためになる。それは、とてもすごいことなのかもしれないと、槙は思っていた。

「ねえ師匠、まじないって、何？」

読書を再開しようとした槙は、けれど本を開く前に師匠に訊ねる。

「魔法とは違うの？」

「どうだろうね。まあ一緒と言えば一緒だよ」

少し考えるように目線を斜めに飛ばして、師匠は答える。

「魔法とは、願いなのさ。こうなってほしいという私たちの願いが形となって現れるもの。私がまじないと呼んでいるものも要は同じ。願いの粒だ。現れる力は魔法よりもとてもとても小さく弱い。だから魔法のような奇跡は起きないけれど、魔女の祈りが込められている」

「魔法は、願い？」

「そうさ」

槙は、わかったような、わからないような気持ちで、曖昧に頷いた。魔法を使うようになったらわかると師匠に言われたが、槙はまだ一度も魔法を使ったことがないから、師匠の言うことをすべて理解することができなかった。

◇

「やっと届いたよ。半年も待った」

槙が〈雲雀坂の魔女〉の弟子となって半年。首輪を着けた一羽の鷹《たか》が、郵便物を持って師匠と槙の家にやってきた。

師匠は鷹の持っていた筒の中身をすぐに取り出し、机の上に広げる。

「魔法使いの悪いところだ。書類関係にルーズで何をするにも時間がかかる。私はすぐに申請の手紙を送ったっていうのに」

「師匠、これは？」

「きみを魔法使いとして登録するための書類さ。あ、鷹くん、ちょっとそこで待っていて。すぐに書いて持たせるから」

日本語で文面の書かれた書類に、師匠は万年筆で自分の名前を書き記す。槙の名を書かなければいけないだろうところは空白のままだ。

「ちょっと手を出して」

言われたとおり右手を出すと、師匠は断りもせずに人差し指の腹をナイフで浅く切った。

「いっ……！」

「ごめんごめん。血がいるんだ」

「言ってからやって！」

「ごめんて」

槙の指から溢れた血を、一滴二滴、師匠の名の隣に垂らす。師匠が呪文を唱えると、槙の指の傷は痛みも合わせて消えた。けれど槙は迂闊《うかつ》に師匠に手を向けないようにしようと心に決めたのだった。

「さあ鷹くん、無事に届けておくれ」

師匠は書類を筒へ戻し、鷹に持たせる。鷹は大きな翼を広げて飛び立ち、あっという間に見えなくなった。

「これで完了。きみは魔法使いとして登録された。また時間がかかりそうだけど、そのうち登録証が届くはずさ。えっと、私のは……たぶんそこらへんにあるはず」

「登録証って？」

「人間の戸籍みたいなものかな。面倒だけど、今の時代は自分を証明するものがいるからね。魔女や魔法使いは旅をする者が多いからとくに。違う国に渡るときに必要になる」

「……魔法使いは、旅をしているの？」

「そうさ。多くの魔法使いは自由に世界をあちこち歩き回っている。魔法使いはみんな、縛られることと煩《わずら》わしいことが嫌いだからね。そしてあらゆる知識を求めている。この世のいろんなものを解き明かして、知りたいと考えているのさ。きみも学ぶことが好きだろう」

「うん」

「他の魔法使いも、みんなそうなんだ」

へえ、と呟きながら、槙は考える。

「なら師匠は、どうして旅をしていないの？」

「ん？」

魔法使いが旅をしているというのなら、どうして師匠はここに留まっているのだろうか。家を買い、畑を作り、店まで営んで、どこか別の土地へ行こうという気がまったく感じられない。

「私も旅をしていたよ。ずっとね。きみくらいの歳の頃は私の師匠と。しばらくしてからはひとりで。楽しかった。でも、本当にずっと旅をしていたから、帰る場所が欲しくなったんだ。残りの人生はその場所で、のんびり地に足をつけて生きていこうと思った。そしてこの町に住むことを決めたのさ」

師匠は外見だと十五ほどの歳に見えるが、実際はもっと長く、人間の寿命などとうに超えるほど生きているのだという。

その長い日々の中で様々なことを経験し、今に至っているのだ。

「きみもいつか、気が向いたら旅に出るといい。ひとところに留まるも、気ままに流れるも自由。好きなように生きればいい」

師匠は槙の肩をぽんと叩いた。

槙は、自分に合った大きさのローブをぎゅっと握る。

「……ぼくは、ここにいたい。この店が好き」

「そう。なら、ここにいればいい」

「いてもいい？」

「いつまでだって。そう、きみが望むなら。ここはきみの居場所だ」

師匠が笑う。槙は唇をきゅっと引き結んで頷く。

撫でられた頭がこそばゆかった。でも槙は、師匠に撫でられるのが好きだった。

「さて、今日からは忙しくなるよ。届け出が済んだということは、きみも魔法を使っていい許可が出たってことだ。これからは、きみに魔法の使い方を教えることができる」

師匠が本棚から数冊の本を抜いた。槙がまだ読んだことのない魔術書だ。魔法学の本はすでに何冊か読んでいるが、これらの本は、今まで読んだものよりもさらに実践的なことが書かれていると師匠は言う。

「登録されてなかったから、師匠はこれまでぼくに魔法を教えてくれなかったの?」

「そう。今は私たちの世界にもいろいろとルールがあってね。守らないと面倒なことになるから、渋々守ってやっているのさ。そうそう、動物と契約もできるようになるよ。使い魔というものだ。と言っても、魔法が未熟なうちはまだ無理だけれど」

「使い魔……師匠にもいる?」

「昔はいたけれど、寿命で死んでしまってね。その子がいなくなってからは契約していない」

「へえ」

「きみもそのうち契約してみるといい。意外といいものだよ」

ではまずこれを読め、と槙は師匠から本を渡された。実際に魔法を使ってみるのかと思ったら、やはり本で知識を得るところから始まるようだ。これが師匠の教え方らしい。

槙は数日かけて本を読み、隅々まで頭に入れた。本当に覚えているかの試験を師匠から受け、合格が出たところで、ようやく魔法の使い方を教えてもらうこととなった。

「魔法はね、なんでもできる。魔法にできないことは、死人をよみがえらせることくらいさ。そして魔法使いなら必ず魔法を使える。そういうふうにできているから」

槙は師匠と共に庭へ出た。薬草畑の脇に、師匠が植えたハナミズキの苗木が二本並んで立っていた。

「きみが最初に使う魔法は、この苗木を成長させる魔法だ」

まずは師匠が手本を見せた。手をかざし呪文を唱えると、師匠の身長よりも小さかった苗木がぐんと育ち、倍ほどの背丈になった。

「……すごい」

「きみにもできるよ。きみは魔法語をもう覚えているからね。だったらもう簡単だ。呪文を唱えながら、ただ願うだけ。自分の願いを、自分に願う」

「自分に……」

槙は見様見真似で苗木に両手をかざす。ゆっくりと深呼吸をしてから、覚えたばかりの魔法語で【木よ育て】と呟いた。

すると、槙のペンダントが光を放ち始めた。手のひらからも同様の光が強く溢れ、苗木の輪郭を包み込む。

「わっ」

「気を抜くな。そのまま。意識を相手に向けて」

「う、うん」

体の奥底に熱が灯る。血ではない何かが体を巡る。

この何かが、人間にはないものなのだろう。自分は人間ではない。

――化け物。

自分を生んだ親はそう呼んだ。薄く開いた地下室の扉の隙間から、恐ろしい物を見るような目を向けながら。

そうか、自分は化け物なのだと、あの暗く狭い部屋の中で思っていた。けれど。

――違う、ぼくは、化け物じゃない。

生まれてはいけなかった存在ではない。あってはいけない存在ではない。

この広い世界を自由に生き、この力を誰かのために使うことができる。

師匠と同じ、魔法使いだから。

「……っ」

ごうっと唸《うな》るような音を立て、下から強い風が吹きつけた……ように思った。

槙は尻もちをつき、ぽかんと呆けた顔で視線を上げた。眼前のハナミズキは、師匠の木よりもさらに大きく、頭上を覆うほど枝葉を広げ聳《そび》え立っていた。白い花が、雪が降り積もったかのように咲いている。

花びらが一枚、ひらりと槙のもとへ落ちてきた。

「できたじゃないか」

師匠が槙の肩を抱いた。槙は口を開けたまま、錆《さ》びついたロボットのようにぎこちなく師匠のほうを振り向いた。

「できた……けど、育てすぎた」

「ふふ、何をするにも練習は必要だからね。初めてでこれなら上出来さ」

師匠は槙のハナミズキを記念に残しておこうと言ったけれど、あまりに大きく育ちすぎていたので、槙から師匠にお願いして半分くらいの大きさにまで戻してもらった。

ハナミズキにはそれ以降魔法をかけることはなかった。師匠の木と並んで二本、大切に育て続けた。

それから槙の、本当の意味での〈雲雀坂の魔女〉の弟子としての日々が始まった。魔法の訓練をし、薬草の育て方、薬の作り方をさらに深く学び、店に立って接客をすることを覚え、他者との関わり方に慣れていった。

店には時々、〈雲雀坂の魔女〉の魔法を求めてやってくる人間がいた。ただひとつの希望に縋りつく者もいれば、欲にまみれた者もいて、師匠は相手がどんな人間だろうと気が乗らなければ断ったし、気が乗れば魔法を使った。

槙はいつからか魔法をうまく使えるようになり、師匠の代わりに薬へまじないをかけることもあった。けれど魔法を求める客のために魔法を使うことはなかった。師匠が決して許可しなかったからだ。

「きみが一人前の魔法使いになったと私が認めたら」

そのときは、自由に魔法を使うといいと、師匠は言った。

槙は言われたとおり師匠が許した範囲でしか魔法を使わず、しかし確実に魔法使いとして成長していった。

師匠のもとでの修行の日々はゆっくりと平凡に過ぎる。

そして、九年の月日が経とうとしていた。

「ねえ師匠、庭の畑だけれど、温室に変えない？　そうしたらもっといろんな種類の植物を育てられるでしょう」

◇

いつもよりも早めに店を閉め、戸締りをしてから、楨は先に戻っていた師匠の待つ家に帰った。師匠はロッキングチェアを揺らしながら好物のクッキーを食べている。

「うん。いい考えだ。やるといいよ」

「やるといいよって、ぼくひとりにやれって？　相変わらず人任せなんだから」

「ところできみ、今日はなんの日か知っている？」

師匠に問われ、楨は首を捻った。日にちも曜日も関係ない暮らしをしているから、どうしてもカレンダーが頭から抜けてしまう。

確か、と数えて今日の日付を思い出し「あっ」と声を上げた。

「ぼくの誕生日だ」

「ぴんぽーん。十五歳の誕生日おめでとう」

正確には、今日は槙の生まれた日ではなかった。今日は、槙が師匠のもとにやってきた日であるのだ。

師匠は、槙が人間の親から生まれた日などどうでもいいと切り捨て、この日を槙の誕生日にしようと言い切った。そして槙が歳を重ね、祝われるのは、決まってこの日となった。

「いやあ。きみももう十五か。大きくなったね、私のおかげで」

「そのとおりだけど、自分で言わないでくれる？」

「自分で言わなければ誰も言ってくれないもの」

「ぼくが言うよ。師匠のおかげだ。いつもありがとう」

「どういたしまして」

十五歳になった槙は、ここへ来たばかりの頃と比べると随分成長した。魔法使いとしての中身も、そして外見も。男の子にしては華奢《きゃしゃ》な体格であり、女の子に間違われる顔つきをしているが、それでも師匠より背が高くなった。槙は、師匠が少女の姿をしているように自分もこの少年の姿を維持するか、それとも時に任せ成長させるか、悩んでいるところだ。そろそろ髪を伸ばし始めることだけははっきり決めていたが。

「さて。無事誕生日を迎えたきみに、お話があるんだ。聞いてくれるかな」

「もちろん」

槙は師匠のロッキングチェアの前に椅子を持ってきて座る。

「これはきみも知っていることだけれど、魔法の世界では、十五で成人を迎える」

師匠はお気に入りの椅子をゆらゆらと揺らしている。槙の椅子は、空いた木箱を改造しただけのものなので揺れてくれない。

「きみも魔法をうまく使えるようになったし、魔法使いとしての知識も十分につけた。成人を迎え、中身も相応に成長したきみに、私が教えられることは、もうほとんどない」

「……それって、つまり」

「ああ。私はきみを一人前の魔法使いとして認めよう。きみはもう魔女の弟子ではない。立派な魔法使いだ」

伸ばされた右手に、槙はゆっくりと自分の右手を重ねた。槙の手をきつく握る師匠の手を、槙も同じように握り返す。

槙は、師匠に一人前と認められる日をずっと夢に見ていた。一人前になれば、自由に魔法が使えるようになるからだ。

そうすれば、これまでよりもっと誰かの役に……師匠の役に立てる。

だから槙は、早く一人前の魔法使いになろうと、ずっと努力してきたのだ。

「師匠、ありがとう。ぼく、師匠の教えを大事にこれからも頑張るよ」

「うん、いい心意気だ。そうそう、私はきみのためにとても素敵なプレゼントを用意したのだけれど……まずひとつ目、の前に質問がある。きみ、今もまだ私の店が好きかい？」

唐突な問いに、槙は戸惑いながらも答える。

「ああ、好きだよ。店に立つのは楽しいし、いろんな人に会えるしね」

「なら、あの店をきみにあげよう」

「え？」

思わず聞き返した。

冗談かと思ったが、師匠は本気で言っているようだ。

「〈雲雀坂魔法店〉は明日からきみのものということさ。それがひとつ目のプレゼントだよ」

「待ってよ。ぼくのって……じゃあ師匠は？　これまでみたいに、一緒にやればいいじゃない」

槙の言葉に、師匠は何も答えない。いつものように丸い目で槙を見つめ、美しく笑んでいるだけだ。

「……まさか師匠、どこかへ行こうとしている？」

嫌な予感がして訊ねた。槙は、師匠がこの家と店を槙へ渡し、また旅に出ようとしているのではないかと思ったのだ。

しかし師匠は首を横に振る。

「いいや、私はどこにもいかない。いつでも、これからも、きみのそばにいる」

「そう……なら、いいけれど」

師匠は嘘を吐かない。だから槙は師匠の答えを聞いてほっとした。

それでも、胸騒ぎが消えなかった。

「……」

師匠は何を考えているのだろうか。人間の機微を読み取るのは簡単だけれど、魔女である師匠相手にはそうはいかない。師匠が何を思い、これから何をしようとしているのか、槙にはわからない。

「プレゼントはもうひとつあるんだけれどね。その前に、きみに教えなければいけない大事なことを教えようと思う。これが、きみの師匠としての最後の授業だ」

「大事なこと？」

「そう。魔法使いの秘密を」

きぃ、と師匠の椅子が鳴った。この家にはラジオもレコードもないから、いつもとても静かだ。

「槙、魔法使いや魔女は、とても長く生きると言われている。不老不死とまで思っている人間もいるくらいに」

師匠は語り出す。それは、槙ももう知っていることだった。長寿の魔法使いの中には、八百歳を超えた者もいるという。

「まあ、不老はともかく不死は言いすぎだ。私たちもちゃんといつかは死ぬ。ただし、魔法使いや魔女には寿命というものがない」

「そうなの？　ぼくはてっきり、五百歳くらいが平均的な寿命だと思っていた」

「まあ、確かに大体そんなものかもね。でも、それは決して体の限界とは言えないんだ。魔法使いの体に他の生き物のような使用期限はない。当然私たちは病気にもかからないし、ミンチになったって復活できる。そもそもミンチになる前に魔法でどうにかできるしね」

「え、じゃあ……」

「じゃあ魔法使いはいつ死ぬのかって？　それはね」

師匠は、首から下げられた鳥かご型のペンダントに触れた。槙の首からも同じものが下がっている。

「〈ナディアの心臓〉から、色が失われたときさ」

師匠は鳥かごを指でつまみ、目の前に掲げた。中に入っている師匠の石が、ころりと揺れて、光を弾いた。

「この石は、魔法を使うごとにほんの少しずつ色を変えていく。生まれたときは黒にも近い色だけれど、使えば使うほど本当の色に近づいていく。そして鮮やかな色を手に入れたら、やがてはまた徐々にそれを失っていくのさ」

「……」

「本当に少しずつしか変化しないのだけれどね。でも確実に色を失い、やがては綺麗な透明になる。そうなったとき、魔法使いは消えるのさ」

石の色と共に、魔法使いは消滅する。

つまり、死ぬ。

「……魔法を使えば使うほど、死に近づくってこと？」

「そうなるね」

「だから師匠はこれまでぼくに魔法を自由に使わせなかったの？」

「きみが真実を知って初めて、魔法をどう使うかを決めさせるべきだと思ったから」

槙の石は、まだ黒に近い色をしていた。日光の下でなければ色がわからないほどだ。槙はこれから数えきれないほど魔法を使うことができる。消えてしまう可能性を考えるのは、おそらくずっと先の未来になるだろう。

けれど、師匠の石は――。

「待ってよ。師匠は、それなのに店なんてやって、人が魔女に会いに来やすいようにして、魔法をかけてやっていたっていうの？」

「まあ、多くを追い返してはいたけどね」

「どうして？　自分のためだけにしか魔法を使わなかったら、もっと長く生きられるのに」

石の色が失われれば死ぬということは、言い換えれば色がある限り死なないということだ。

時間というものは貴重だ。どれだけ長く生きても足りない。この世には数多《あまた》の知識が存在し、それらすべてに触れるには膨大な時間がかかる。

師匠も昔から言っていたはずだ。この世には、まだ知らないことがたくさんある。何もかもを知っているような師匠でさえ知らないことがあると。

「そうだね。私も昔は、あらゆるものを知りたいと思っていた。それこそが生きる意味であり、それを果たすためにはどれだけ長くを生きても生き足りないと」

でもね、と師匠は続ける。

「旅を続ける中で気が変わったんだ。永遠にひとりで知識を求め続けるよりは、終わりがあったとしても、誰かと関わり合って生きること、誰かのために生きること。そっちのほうが楽しそうだと思った」

ひとりで長く生きるのも無意味ではない。

ただ師匠は、そうではない選択をした。

「人っていうのは面白くてね。同じに見えて、ひとりひとり全然違うんだ。自分勝手に欲に塗《まみ》れている人もいれば、他人のために行動する人もいる。自分の思いを大切にできる人もいれば、誰かがいなければ生きる意味を見出せない人もいる。私はね、いつからか知識よりもそちらに興味を持ってしまった。そういう人のことを、もっと知ってみようと思ったのさ。そしていつからか私は、そんな愚かで可愛い人間たちを愛してしまった。自分のためだけに使っていたこの力で、彼らの望みを叶えてやろうと思った」

師匠はそこまで言って、一旦言葉を止めた。深い呼吸をし、体の力を抜いたあとで、ふたたび口を開く。

「同時に、帰る場所が欲しくなってね。私は家族がいなかったから、帰る場所がなかったんだ。だからどこかに住処を作ろうと思って。ついでに人がたくさん来てくれる場所にもしようと考えた」

そしてこの町で店を始めたのだと師匠は言った。人と関わって生きるための店を。自分の力を、誰かのために使うための場所を。

「……ぼくは、師匠が時々魔法を使ってあげるのは、サービスみたいなものだと思ってた。本当は、あの店は薬の店でもお茶の店でもなく、魔法で人間の願いを叶えるための店だったってこと？」

「そうだとも。だからうちの名前は雲雀坂魔法店、なんでしょうが」

「誰かのために生きるなんて……寂しいよ」

槙はずっと、誰かのためにこの力を使いたいと思っていた。だが、それが命を削る行為だとすれば話は別だ。そうまでする意味はない。他者の望みよりも自分の命のほうが……師匠の命のほうが、遥かに大切だ。

「誰かのためだけに生きるなら、そうだろうね。だから私も、すべての人を救ってきたわけじゃない。私は決して善人ではないからね。情でも金でもない。魔女はいつだって自分の心のままに魔法を使うのさ。この人のために使いたいと思うのも、結局は私の自由。私のため」

「自分の、ため……」

「ねえ、きみに店をあげると言ったでしょう。今の話を知り、あの店を続けるかどうかは、きみの判断に任せる。きみが望むならいつまでだって続ければいいし、嫌だと思えば明日畳んでも構わない。きみの自由だ」

槙は口を噤んで俯いた。背が伸びるたびに師匠が新調してくれた深緑のローブの上で、きつく両手を握っていた。

「……わからない。どうしたらいいのかも、師匠の考え方も」

「きみが今理解できないことは、これから自分で気づいていかなければいけないことだ。私から伝えられることはもう伝えたからね」

ゆっくりと顔を上げる。目を合わせると、師匠は母のように柔らかく微笑んだ。

槙を生んだ女性が、決して槙に見せなかった表情だった。

槙は三度呼吸をした。

そして目を見開いた。

「師匠……師匠が使える魔法は」

師匠の石は、すでにほぼ透明だ。もとの色などわからないくらいに。師匠が魔法を使えるのはあと数回程度……いや、もしかしたら。

「そうだね。私が魔法を使えるのは、あと一度だけ」

槙は弾かれるように立ち上がり、師匠に縋りついた。

「師匠、お願い、もう二度と魔法は使わないで。必要なら、ぼくが使うから」

たった一度、魔法を使えば師匠は消えてしまう。けれどその一度を使わなければ、ずっと生きていられる。

「もう使わないんだよね。そのつもりでぼくに話をしたんでしょう。今まで師匠とやっていたことをこれからはぼくひとりでやるから、だからこれからも、ぼくのそばにいてくれるよね」

必死に言い募る槙へ、師匠は返事をしなかった。

代わりに、話の続きを始めた。

「きみに、大切な贈り物をしよう。ふたつ目のプレゼントだ」

槙の手を包み、師匠は顔を寄せる。

「私からきみへ、名前をあげる」

「……名前？　ぼくは、槙という名前があるよ」

「それは人間がつけた人間の名だろう。いいかい、魔法使いの名というのは特別なものでね、魔法使いとしての名を持っていれば、魔法の精度がぐっと高まるんだ。名がなくてもあれだけの魔法を使えるきみなら、きっと名を持てばとても素晴らしい魔法使いになるだろう」

「……そうなの？」

「ああそうさ。そしてね、魔法使いの名は、それほど特別なものだから、人間には付けられない。魔法使いにしか、魔法使いの名前を付けられないのさ」

「魔法使いにしか？」

「そう。なぜならば、名付けという、魔法をかけるために」

槙は息を止めた。

師匠がどうして一回分の力を残していたのか、気づいてしまった。

気づいたことに気づいた師匠が困った顔で笑う。

「ぼ、ぼくがやる。自分でやるからいい。自分で魔法をかける」

「駄目だよ。名は与えられるものだから。他者から授けられなければ意味がない」

「じゃあいらない。名前なんていらない。なくても困らないから。だから師匠、魔法を使わなくていい」

「いらないはずない。名は大事だ。名の力は強い。きみを確固たる存在としてこの世に留めてくれるから」

「それで師匠がいなくなるくらいなら、いらない！」

自分が何者かを教えてくれた。居場所をくれた。この世にいる意味を、見つけさせてくれた。師匠にどれほど感謝をしていることか。この九年を、どれだけ幸福に生きてきたか。

あなたより大切なものなんて、この世にはないのに。

「やめて師匠、お願いだから！」

自分のために大切なひとが消えることを、一体誰が望むだろう。

「言ったでしょう。魔法を使うのは、私の自由さ」

師匠が目を閉じる。何も言われていないのに、槙は何も言えなくなる。

「きみの名は、もう決めてある。きみの石の色を見たあの日から決めていた」

ふたたび開かれた瞼。ビー玉のように透き通った瞳の中に、自分の姿が映っていた。

「私もね、きみと同じなんだ。人間の両親から生まれた魔女なのさ。だから魔女としての名をくれたのは親ではなく、私を育ててくれた師匠だった」

「……」

「私の石は、もう透明に近い色をしているけれど、本当は青色なんだ。その色から、私の師匠が瑠璃《るり》という名をくれた。だからきみにも、きみの持つ色の名前をあげようと決めていたのさ」

師匠はそして、槙の本当の名を告げる。

「翠」

十五年もの間、槙は『槙』という名前で過ごした。『槙』であることに疑いなどなかった。それなのに、師匠が告げたばかりの馴染みのない名前のほうが、どうしてか、自分の名であるように感じた。

――翠。

それこそがきっと、生まれたときから付けられるのを待っていた、本当の名前だったのだ。

「いい名だろう。きみは翠。これから、そう名乗るといい」

師匠は翠の手をきつく握り、髪を撫で、頬に触れ、肩をなぞり、そしてまた手を握った。

淡く青い光が結んだ手から溢れる。師匠の石も、同じ光に包まれる。

止めなければと頭の中では思っていた。やめてくれと言いたかった。けれど、言えなかった。

どうして言えないのかわからない。翠は大きな目にいっぱいの涙を溜《た》めながら、師匠が最後の魔法を使うのを、ただ見ていることしかできない。

「【瑠璃の名のもとに、この子に名を授けよ】」

光が翠の全身を包む。胸の奥に、焼け焦げるような痛みが走る。

熱い。熱い。刻まれる。死ぬまで消えることのない、自分が自分である証が。

「……っ」

思わず師匠の手を離し、胸を押さえた。痛みで涙が床へ落ちる。心臓が燃えている。

ようやく、生まれたのだと、体が実感している。

「さあ、門出を迎える新たな魔法使い。これからきみは何と出会い、誰と出会い、どんな日々を送るのかな」

蹲《うずくま》る翠の背を師匠が撫でた。やがて、翠の体を覆っていた光と共に、翠を襲う痛みも消える。

「はあっ……し、師匠？」

翠は顔を上げた。師匠はにいっと笑っていた。

徐々に崩れゆく体で。

「師匠！」

翠は慌てて師匠の手を摑む。まだ摑むことができる。けれど師匠の体は紙が燃えるように少しずつ崩壊していた。ほろほろと、この世に骨も、髪の一本も残さず、消えようとしている。

「師匠、ああ、やだよ！　どうしよう！　どうしたらいい⁉」

痛みではない理由で涙が出る。焦りと後悔と、これから訪れるだろう激しい悲しみを思って。

「やあ、弟子よ。魔法使いが泣くんじゃない」

師匠の手が翠の顔を拭う。

「師匠、でも！」

「いいんだ。これで」

師匠は優しく目を細めた。師匠の深海のような色の瞳は、まだ少しも消えずに美しいまだ。

「私はね、最後のときをどう迎えるかを決めあぐねていたんだ。店を最後まで続けるか、それとも閉めてもう一度旅をするか。でもね、翠のおかげで決まったのさ。この子のために、この子のそばで。私の長い人生の幕引きは、きみに捧《ささ》げようと決めた。私はこの日を待ち望んでいたのさ」

「……ぼくに、なんで、師匠」

「ありがとう翠。きみのおかげで満足いく最後を迎えられたよ」

「ぼくは、全然満足してないよ。もっと、師匠と一緒にいたい。たくさん教えてもらいたいことがある。師匠に、育ててもらったお返しだってしてない！」

「悪いね。でも仕方ないでしょう、私は魔女なんだから。魔女は勝手な生き物なのさ。きみを悲しませようと、どうしようと、私は私の自由に生きる。最後まで」

「うぅっ……師匠の馬鹿！　大嫌い！」

「待て待て。それはきっと後悔するからやめておけ。そんなことを言って別れてしまって本当にいいのかい？」

　翠は嗚咽を飲み込んで鼻を啜った。もう師匠の背よりも大きくなったのに、師匠はいつまでも小さな子どもを見るようなまなざしを翠へ向けるのだ。

「師匠」

翠は師匠の首元へ抱きついた。

「大好き。何よりも好き。ずっと、ずっと、ぼくはあなたのことが好き」

自分を愛し、育ててくれた大切なひと。

何も持っていなかった自分へすべてをくれたひと。

世界の広さを教えてくれたひと。

たったひとりの、大事な魔女。

「ああ、私もだ。きみが好きだよ。私の可愛い子。どうか自由に生きなさい。思うままに生きなさい。きみが持って生まれたその力を、誰がために、なんのために、どう使おうと、きみの自由さ」

肌の触れ合う感覚が消えていく。翠の腕が師匠の体をすり抜けた。

消えていく。瞳さえ。すべてを残さずに。

最後の、最後の瞬間まで、やっぱり師匠は笑っていた。

「師匠……どうして」

どうしてぼくのために魔法を使ったの。

考えてもわからないその答えを、けれど師匠は教えてはくれなかった。

「さあ、どうしてだろうね」

その呟きが消えると共に、誰もいないロッキングチェアに、ローブと空のペンダントがとさりと落ちた。

きぃ、と椅子が鳴る。

翠は濃紺のローブを抱き締めて泣いた。

泣いて、泣いて、どれだけ泣いても、もう彼の背を撫でてくれるひとはいなかった。

彼の問いに答えてくれるひとも。だから、翠は師匠が教えてくれなかった問いの答えを、自分自身で見つけなければいけないのだろう。

自分の選ぶ、道の中で。

長い長い、彼の歩む日々の中で。

◇

雲雀町の雲雀坂に、魔女の営む店がある。〈雲雀坂魔法店〉という名前であるが、魔法を売ってくれることはほとんどない。

カウベルの鳴るドアを開けると、ハーブの香りが周囲を満たす。

植物の多い店内で、美しい魔法使いが、やってくる客を出迎える。

「やあ、いらっしゃい」

彼は〈雲雀坂の魔女〉と呼ばれた魔女の弟子。人は今、彼を〈雲雀坂の魔女〉と呼ぶけれど。

魔法使いは、その呼び名を否定も肯定もせず、今日も気ままに店に立つ。

深緑色のローブを纏い、鮮やかな緑に輝く石を首に下げ、何かを求めてここを訪れる人々に、彼はいつでも笑みを浮かべる。時には優しく寄り添って、時には厳しく突き放し、相手の心を見極める。

この魔法がいつだって、誰かのためであるように。そしてそれが、自分のためでもあるように。

彼はまだ、間違えてしまうこともあった。彼もまだ、様々なことを知っている途中であった。

だからもう少しこの場所で、人を知り、心を知り、そして、自分を知ろうと思っていた。

彼が〈雲雀坂の魔女〉の思いを理解するには、まだまだ時間がかかるだろう。

けれどいつかは、あのひとが教えてくれたよう、自分もまた、最後の魔法を迷わず使うことができればと願い。

あの日の答えを問いながら。

師匠の生きた日々をなぞりながら。

魔法使いとして、大切なものを大切にしながら。

自分もまた、新しい大切なものを捜し続け、雲雀坂の魔法使いは、今日もここで自由気ままにあなたを待つ。

「あなたは何をお求めに？」

あとがき

こんにちは。沖田円です。このたびは『雲雀坂の魔法使い』をお手に取っていただきありがとうございます。

実業之日本社文庫GROWの始動という大変おめでたい、そして大変ありがたいタイミングでの刊行となりました本作品、レーベルの新シリーズが最初の一歩を踏み出したように、私自身も作家として新たな一歩を踏み出すことのできた作品になったかなと思っております。

執筆の依頼をいただいた時点で、担当編集さんからは「レーベルの新シリーズ一作目に沖田円の作品を」と言ってもらっておりました。正直に言いますと、スケジュールがかな～り厳しかったのですが、私もどうしてもこの始動と共に出したくて「やります」と言ってしまったのでした（作業途中、無理なスケジュールを組んだことを何度か後悔しましたが）。

だって新シリーズが始まるというとても大切なときに「ぜひ」と言ってもらえる

なんて嬉しいじゃないですか！　出版社さんにとってもそうでしょうが、書く側としても貴重で重要で超ラッキーな機会です。このチャンスを逃すまいと、がっちり摑んだわけであります。

ということで作品を書くことになりまして、「沖田円らしい作品を」と言われまして、さてどんなものを書こうかなと考えました。

既存の秘蔵のプロット（ごりごりのエンタメのキャラクター文芸）を出したりもしたのですが、それとは別に一からネタを考える中で、わくわくできる楽しい作品も書きたいけど、こんな世の中だからこそ、誰かに寄り添うような優しい物語を書きたいなあとも考えていました。

魔女の住む町のお話を書きたいと、前から思っていたんですね。よし、ならば魔女の話をちょいとばかし膨らませてみよう。今回はあんまりファンタジーに寄らない物語にしよう。それから老若男女幅広く楽しんでもらえるようなお話にしよう。

そんなこんなで出来たプロットでＧＯサインが出まして、完成したのが今作、『雲雀坂の魔法使い』でした。

〈雲雀坂の魔女〉と呼ばれる魔女の営む店へ訪れる、様々な思いを抱えた五人の物語です。

思惑どおりに寄り添う物語になれたかどうかは読んでくださった方々次第ですが、ほんの少しでも楽しくほっとできる時間を提供できていれば幸せでございます。

最後にお礼を。

イラストを描いてくださったしまざきジョゼ様、デザイナーの西村弘美様、素敵な表紙で本を彩ってくださりありがとうございました。柔らかくあたたかく、けれど鮮烈なイメージがひと目で気に入りました。

また、執筆の機会をくださった担当編集様。この小説が本となり読み手のもとに渡るまで携わってくださったすべての皆様。そして『雲雀坂の魔法使い』に出会ってくださった読者の皆様。本当にありがとうございました。

二〇二一年四月　　　沖田　円

本書は書き下ろしです。

本作品はフィクションです。実在の個人、団体、とは一切関係ありません。（編集部）

実業之日本社文庫　最新刊

相場英雄
ファンクション7
新宿の雑踏で無差別テロ勃発。その裏には北朝鮮のテロリストの影が……。北朝鮮、韓国、日本を舞台に、人々の生きざまが錯綜する、社会派サスペンス！

あ93

梓林太郎
天城越え殺人事件　私立探偵・小仏太郎
伊豆・修善寺にある旅館で働く謎の美女は何者？　身元調べを依頼された小仏だが、女の祖父が五年前に殺されていたことを知り――傑作トラベルミステリー。

あ315

いぬじゅん
今、きみの瞳に映るのは。
奈良ケーブルテレビの新入社員・樋口壱羽は、社運を賭けたある番組のADに抜擢されるが……!?　世界を震撼させるラスト、超どんでん返しに、乞うご期待！

い181

沖田円
雲雀坂の魔法使い
ある町の片隅、少女のような魔法使いが営む『雲雀坂魔法店』。切実な苦悩や過去を抱えながらそこを訪れる人々との、切なくも心温まる物語は感涙必至!!

お111

倉阪鬼一郎
お助け椀　人情料理わん屋
江戸を嵐が襲う。そこへ御救い組を名乗り、義援金を募る僧達が現れる。その言動に妙なものを感じ、正体を探ってみると――。お助け料理が繋ぐ、人情物語。

く49

今野敏
排除　潜入捜査〈新装版〉
日本の商社が出資した、マレーシアの採掘所の周辺住民が白血病に倒れた。元刑事が拳ひとつで環境犯罪に立ち向かう、熱きシリーズ第2弾！（解説・関口苑生）
こ215

実業之日本社文庫　最新刊

佐藤青南
白バイガール　フルスロットル
女性白バイ隊員の精鋭が、連続して謎の単独事故を起こした。一方、横浜市内でも銃撃事件が――疾走感満点の人気青春ミステリーシリーズ、涙の完結編！
さ４６

沢里裕二
アケマン　警視庁LSP　明田真子
東京・晴海のマンション群で、演説中の女性都知事・桜川響子が襲撃された。LSP明田真子は身体を張って知事を護るが……。新時代セクシー&アクション！
さ３13

谷山走太
負けるための甲子園
甲子園の決勝戦。ピッチャーの筧啓人は失投からホームランを打たれ負ける。だが、そうすることで彼は一千万円を手にしていた！　その裏には驚愕の事実が⁉
た11１

西村京太郎
十津川警部捜査行　愛と幻影の谷川特急
編集部に人気作家から新作の原稿が届いたが、作家はその小説は書いていないという。数日後、彼は死体で発見され…関東地方を舞台にした傑作ミステリー集！
に１24

吉田雄亮
北町奉行所前腰掛け茶屋
北町奉行所の前で腰掛茶屋を開く老主人・弥兵衛は元与力。不埒な悪事を一件落着するため今日も探索へ繰り出し…名物料理と人情裁きが心に沁みる新捕物帳。
よ５７

実業之日本社文庫　好評既刊

赤川次郎
忘れられた花嫁
結婚式直前に花嫁が失踪。控室では、その花嫁が着るはずだったウエディングドレスを着て見知らぬ女性が死んでいた!? 事件の真相に女子大生の明子が迫る!
あ１20

天野千尋
ミセス・ノイズィ
「騒音」をめぐって隣人同士の対立が激化、SNSで炎上する様をコミカルかつシニカルに描き、各界著名人が絶賛する話題の映画を、監督自らノベライズ!
あ25１

風野真知雄
葛飾北斎殺人事件　歴史探偵・月村弘平の事件簿
天才絵師・葛飾北斎ゆかりの場所で相次いで死体が発見された。名画が謎を呼ぶ連続殺人の真相は!? ご先祖が八丁堀同心の歴史探偵・月村弘平が解き明かす!
か１９

近衛龍春
奥州戦国に相馬《そうま》奔《はし》る
政宗にも、家康にも、大津波にも負けない! 戦国時代を駆け抜け、故郷を再び立ち直らせた、みちのくの名門・相馬家の不屈の戦いを描く歴史巨編!
こ６１

渋沢秀雄
父　渋沢栄一
江戸から昭和へと四つの時代を駆け抜けた経済人、渋沢栄一。息子の視点から描かれる彼の素顔とは? 多くの功績を残した栄一の生涯を俯瞰する、随一の伝記。
し７１

鳴海 章
相勤者　浅草機動捜査隊
東京下町にある老舗暴力団の若き三代目は老人介護ビジネスに参入していたが、そこには裏の目的が!? ベテラン刑事・辰見が立ち向かう事件とは!?
な２12

実業之日本社文庫　好評既刊

馳 星周
神《カムイ》の涙
アイヌの木彫り作家と孫娘の家に、若い男が訪ねてきた。男には明かせない過去があった。著者が故郷・北海道を舞台に描いた感涙の新家族小説！（解説・唯川恵）
は10 1

葉月奏太
癒しの湯　若女将のおもてなし
雪深い山中で車が動かなくなったとき、助けてくれたのは美しい若女将。男湯に彼女が現れ……。心と身体が蕩ける極上の宿へようこそ。ほっこり官能の傑作！
は6 10

前田司郎
園児の血
孤高の幼稚園児タカシは、仲間と共に園内の権力者クラトに闘いを挑む……！　鬼才・前田司郎による、恐るべき子供の世界を描いた2編。（解説・森山直太朗）
ま4 1

南 英男
警視庁極秘指令
柔肌を狩る連続猟奇殺人の真相を暴け！　初動捜査で解決できない難事件に四人の異端児刑事が集結。極秘捜査班の奮闘を描くハードサスペンス、出動！
み7 17

谷崎潤一郎、吉行淳之介ほか
猫は神さまの贈り物〈エッセイ編〉
猫との日常には、いつも新たな発見がある。文豪たちが描く、ほほえましく、時に笑ってしまうような猫の生態を味わうエッセイ集。（解説・角田光代）
ん9 2

文日実
庫本業 お111
社之

雲雀坂《ひばりざか》の魔法使《まほうつか》い

2021年4月15日　初版第1刷発行

著　者　沖田《おきた》円《えん》

発行者　岩野裕一
発行所　株式会社実業之日本社
〒107-0062　東京都港区南青山 5-4-30
CoSTUME NATIONAL Aoyama Complex 2F
電話 [編集]03(6809)0473 [販売]03(6809)0495
ホームページ　https://www.j-n.co.jp/
ＤＴＰ　ラッシュ
印刷所　大日本印刷株式会社
製本所　大日本印刷株式会社

フォーマットデザイン　鈴木正道(Suzuki Design)

ISBN978-4-408-55654-3（第二文芸）